Rizzoli best

Un lungo fortissimo abbraccio

a mio padre

Quell'esistente che noi sempre siamo.

MARTIN HEIDEGGER

Parte prima

Domani mi sposo

Domani mi sposo. Appena ho visto entrare Blanca nel piccolo locale dove stavo suonando, ho capito che l'avrei sposata. Sembra impossibile ma è vero. Era l'estate di due anni fa. Io strimpellavo svogliatamente in un jazz bar di Parigi. Erano quasi le undici, avevo appena iniziato, ma avrei dovuto suonare per un'ora soltanto, anche meno, poi sarebbero arrivati altri a darmi il cambio. Non era la mia serata, ero passato per prendere i soldi del giorno prima, ma il gruppo che avrebbe dovuto esibirsi era in ritardo, così il boss, approfittando della mia presenza, mi aveva chiesto se potevo intrattenere il pubblico per un'oretta. Gli avevo detto di no, poi mi ero lasciato convincere. Quella sera non ne avevo voglia, ero stanco, volevo andarmene subito a dormire. Ma nell'istante in cui ho visto Blanca mi è passato tutto. Mi è passata la stanchezza e mi è tornata la voglia di suonare. Era sola. Nel locale non c'era ancora molta gente. Si è seduta a un tavolino un po' in disparte. Ha ordinato una birra e si è messa a fissarmi. Io pure, suonavo e la guardavo, incantato dalla sua bellezza. Suonavo e la guardavo, ogni tanto le sorridevo. Anche lei mi sorrideva, un po' imbarazzata. Quando ho finito, e non vedevo l'ora, sono andato al bar, ho ordinato anch'io una birra e mi sono diretto tutto pimpante verso il tavolo dove era seduta Blanca. Solitamente sono abbastanza timido con le ragazze, o meglio, timido no, solo non sono il tipo da approcci volanti, ma visto che dovevo sposarla, ho pensato che avrei dovuto prima presentarmi.

«Mi chiamo Sean, ti va bene se ci sposiamo domani?» le ho detto, da in piedi, con la bottiglietta in mano, mentre Blanca, che non si era neppure accorta di me perché le ero alle spalle, stava bevendo un sorso della sua birra.

Ha avuto un sussulto, che quasi le ha fatto andare di traverso la birra. Ha deglutito. Si è girata lentamente verso di me e ha sgranato gli occhi, perplessa. Ho fatto un passo per mettermi proprio di fronte a lei, e ci siamo scambiati uno sguardo di quelli che non si dimenticano e che mi ha dato la certezza, se ancora avessi avuto dei dubbi, che l'avrei sicuramente sposata. Ho fatto un cenno col capo come dire: va bene?

«Domani non posso» ha risposto Blanca, «devo sposare un altro.»

«Stai scherzando?» le ho chiesto.

«Vieni alla chiesa di Saint-Merri alle undici e vedrai se scherzo.»

«Posso sedermi, potrei svenire da un momento all'altro.»

«Prego, accomodati pure, non vorrei avere sulla coscienza lo svenimento del chitarrista» ha detto sorridendomi ancora e indicandomi la sedia vuota accanto a lei. Forse non sarei svenuto ma mi sentivo male, davvero. Fosse stato per me, l'avrei veramente sposata l'indomani. Però mi sono subito ripreso.

«E allora se ti sposi domani cosa ci fai qui, da sola?» le ho detto, appena mi sono seduto.

«Addio al celibato.»

«Addio al celibato? Come sarebbe a dire addio al celibato? Aspetti qualche amica?»

«No.»

«E allora che addio al celibato è?»

«Addio al celibato solitario, perché, non si può?»

«Ah, ho capito, non sei convinta e ti prendi una pausa di riflessione per decidere, dico bene?»

«No, dici male, sono convintissima.»

«E pensi che io possa farti cambiare idea?»

«Difficile.»

«Difficile ma non impossibile...»

«Impossibile direi, tra l'altro... vedi» e mi ha indicato la vetrata che dava sulla strada, «sta piovendo, due minuti fa l'ho chiamato e gli ho chiesto di venirmi a prendere.»

«E non potevi dirmelo! ti avrei accompagnato io.»

«Come no! Non ti conosco e ti chiedo se mi accompagni a casa.»

«Io te l'avrei chiesto, a me sembra di conoscerti da sempre, a te no?»

«Non dire stupidaggini» mi ha risposto facendomi una smorfia come per dire lascia perdere che non ci casco.

«Hai ragione, scusa, ho detto una cazzata. Tra quanto tempo arriva?»

«Chi?»

«Come chi? Quello là, il tizio che ti viene a prendere, quello che avresti dovuto sposare, suppongo.»

«Tra dieci minuti.»

«Quindi avrei dieci minuti per farti innamorare di me?»

«Anche meno mi sa.» E ha guardato l'orologio.

«Ahia» ho detto. «Se non sei già innamorata... non lo sei, vero?» Mi ha fatto cenno di no con la testa accompagnandolo con un'espressione dispiaciuta. «Allora è difficile.»

«Infatti...»

«Dove hai detto che ti sposi?»

«A Saint-Merri alle undici.»

«E non puoi rimandare?»

«Direi di no.»

«Vabbè, non importa, anzi, meglio così, altrimenti avremmo dovuto cercare una chiesa, invece c'è già, al posto suo vengo io e la chiudiamo lì, poi ti innamori dopo, intanto è matematico che ti innamori.»

«Temo non sia così semplice.»
«Perché?»
«Come perché? Gli invitati, come facciamo con gli invitati?»
«Non li invitiamo.»
«Non si può.»
«Perché?»
«Se sono invitati, non si può non invitarli.»
«Ok, li invitiamo, intanto io invitati non ne ho, e i tuoi li puoi invitare anche se sposi me.»
«Questo lo so, ma gli invitati di mio marito? Non ha senso che vengano se non sposo più lui. Tra l'altro è quasi mezzanotte, non faccio in tempo ad avvisarli.»
Sono stato un attimo in silenzio, a riflettere. In effetti questo poteva essere un problema. Come sbarazzarsi degli invitati del suo ex futuro marito?
«Hai ragione» ho detto illuminandomi, «non possiamo sposarci domani a Saint-Merri alle undici. Facciamo così, appena arriva il tizio che avresti dovuto sposare, gli dici che non lo sposi più e di avvisare gli invitati; semmai, se non li trova tutti, può andare domani davanti alla chiesa... intanto non penso che abbia altri impegni, e noi ci sposiamo con calma dopodomani.»
«Dopodomani non posso, sarò già in viaggio di nozze.»
«Sì, però se non ti sposi non puoi andare neppure in viaggio di nozze.»
«Ormai abbiamo prenotato.»

«Secondo te si può cambiare il nome e mettere il mio al posto di quello là?»

«Non so, non credo, mi sa che è tardi, e comunque ci farebbero pagare una penale.»

«Non c'è problema, la pago io.»

«Vabbè, ma se prima non ci sposiamo, non possiamo fare il viaggio di nozze, scusa.»

«E dove sta scritto? L'importante è sposarsi, su questo hai ragione, altrimenti non sarebbe un viaggio di nozze, ma prima o dopo è lo stesso. Tra un mese, quando ci chiederanno dove siamo stati in viaggio di nozze, noi rispondiamo tranquilli.»

«Sì, ma se ce lo chiedono gli invitati il giorno che ci sposiamo? Quella è una domanda che ti fanno di sicuro: "Dove andate in viaggio di nozze?". Noi cosa gli rispondiamo? "Ci siamo già stati"?»

«Di nuovo con gli invitati? Chissenefrega degli invitati, ma li devi invitare per forza?»

L'abbiamo tirata avanti ancora un po' con questi discorsi surreali, lei rideva, io pure, ma dentro stavo male, fino a quando, forse per farmi smettere di sparare idiozie, ha detto che non era vero.

«Non è vero.»

«Cosa?»

«Che domani mi sposo, non è vero, me lo sono

inventato, non mi sposo, non ho neppure un fidanzato.»

Ho fatto un salto sulla sedia alzando le braccia e gridando: «Lo sapevo!». Ho urlato così forte che si è girato tutto il locale. Ho alzato la bottiglia di birra, che ancora tenevo in mano, come per dire: tutto a posto, tranquilli, continuate a farvi gli affari vostri. Intanto mi conoscevano tutti, ormai, era da più di un mese che a sere alterne suonavo in quel locale.

«Wow» ho detto passandomi il dorso della mano sulla fronte, «l'ho scampata bella, appena me lo hai detto non ci credevo, ma poi, anche se scherzavamo, mi è venuto il dubbio che fosse vero. Ero sicuro che ti avrei sposato lo stesso ma... sai com'è, intravedevo qualche difficoltà. Comunque un fidanzato ce l'hai, sono io. Ti vuoi fidanzare con me?»

«Sì» ha detto lei. Incredibile. E stavolta non scherzava.

Blanca è spagnola, in quel momento era a Parigi in vacanza con un'amica, che quella sera era andata per i fatti suoi con un tizio che aveva conosciuto. Aveva gironzolato senza meta e poi, sorpresa dalla pioggia, era entrata in quel locale. Siamo restati ancora un po' a parlare, poi l'ho accompagnata in albergo, siamo saliti in camera sua, abbiamo fatto l'amore. Non come fosse la prima volta, ma come fosse la prima volta da tanto tempo. Come se ci fossimo sempre amati e ci fossimo appena ritrovati dopo una lunga separazione forzata. Credessi nelle "altre vite", direi che in tutte quelle che abbiamo vissuto, in un modo o nell'altro, ci siamo amati. Non mi era mai successo, non solo di far l'amore con una ragazza la prima sera, ma neppure di innamorarmi così. Neppure a Blanca, entrambe le cose. Quando si dice il destino: se l'amica non l'avesse lasciata sola... se non fosse piovuto... se io non fossi passato a prendere i soldi... se se se, se non fossero successe tutte queste cose, l'avrei incontrata il giorno dopo, o un altro ancora, perché una come lei mica me la lasciavo scappare. Alle tre l'amica è rientrata, così sono dovuto andar via. Ci siamo dati appuntamento per l'indomani alle undici davanti al suo albergo. Alle dieci ero già lì, in fibrillazione. Siamo stati tutto il giorno insieme, le ho fatto visitare una Parigi che non conosceva, che non conosce quasi nessuno. Io sono un cacciatore di angoli suggestivi, so fiutare i luoghi migliori per cogliere prospettive in grado di regalare piccole sorprese architettoniche o naturali. Blanca era entusiasta di questa Parigi segreta, del resto studia architettura, è il suo pane. Dopo aver camminato tutto il giorno ed esserci raccontati in un giorno tutta la vita, ci siamo accorti che eravamo affamati. Abbiamo cenato in un piccolo ristorante italiano, poi siamo andati al locale, quella sera dovevo suonare, toccava a me. Blanca è stata tutto il tempo ad ascoltarmi, io, ancora una volta, suonavo per lei. Tre giorni a Parigi così, sempre insieme, poi Blanca è dovuta partire, la sua vacanza era finita. Doveva rientrare a Barcellona, riprendere il lavoro. Per mantenersi all'università fa la cameriera in un ristorante, soltanto di sera. Sono partito con lei, intanto a Parigi non lasciavo nessuno.

E adesso aspetto Blanca e intanto scrivo queste parole. Stasera non ho suonato, lei sta ancora lavorando. Luce, la nostra gatta, è andata a dormire sui tetti, ma so che domani tornerà. La mia chitarra riposa nella sua custodia, e so che domani la suonerò. Tutto quello che desidero ce l'ho. E non sono il tipo che si accontenta di poco.

Blanca è la donna che ho sempre cercato, e a descriverla mi pare già di toglierle qualcosa. Lei è bella solare allegra. Determinata organizzata decisa. Qualche volta indecisa, e quando è indecisa mi fa impazzire. Sa farmi ridere, commuovere, ragionare. È tollerante disponibile altruista. Non alza mai la voce, neppure quando litighiamo. Be', ogni tanto la alza, ma è colpa mia che la faccio arrabbiare. E certe volte la faccio arrabbiare per vederla arrabbiata, perché quando è arrabbiata mi piace. Blanca mi piace, sempre. Mi piace per come si muove, come parla, si veste. E si veste in modo semplice e curato, ogni tanto sexy, e allora perdo la testa. Mi piace per come fa l'amore, per come riusciamo a farlo così bene. Mi piace per come mi abbraccia, per come riusciamo ad abbracciarci così bene. Mi piace per come mi guarda, per come si lascia guardare senza pudore, per come guarda le persone. Mi piace perché è ottimista, volitiva, testarda, e quando è testarda mi fa arrabbiare. Mi piace perché è diretta schietta senza fronzoli. Mi piace perché non sa cosa sia l'ipocrisia, il calcolo, la meschinità. Ne è talmente al di fuori che certe volte neppure li sa riconoscere, e questo certe volte mi fa un po' paura. Blanca mi piace perché è tutte queste cose, e anche di più, infatti l'ho detto, a descriverla mi pare di toglierle qualcosa. D'accordo, va bene, io non faccio testo perché sono innamorato di lei, potrei dire senza esagerare pazzamente innamorato di lei, quindi per me è così, Blanca è così, e se per gli altri non è così non mi interessa, non conta, tutto il resto non conta, quello che conta è che domani la sposo.

Sono diventata vedova il giorno del mio matrimonio

Sono diventata vedova il giorno del mio matrimonio. Lui è morto per difendermi. Aveva solo ventiquattro anni. Come me.

Quella maledetta notte dell'8 febbraio, dopo la cerimonia, eravamo andati a festeggiare con gli amici in un locale sul lungomare di Barcellona. Saremmo partiti il giorno dopo per il nostro viaggio di nozze, mi voleva portare in Islanda, la terra, fra tutte quelle che aveva calpestato, che gli era piaciuta di più, dove aveva lasciato il cuore. Invece lo ha lasciato in un vicolo della città vecchia, mentre tornavamo a casa, finalmente soli, alle due del mattino.

Erano in quattro. Si sono materializzati dal nulla, parevano fantasmi sbucati dai muri delle case dei vicoli. Lunghi e stretti, deserti, poco illuminati, per niente in certi tratti. Camminavamo abbracciati. Faceva freddo. Aveva appena smesso di piovere. Cadevano gocce dai tetti. Lui mi parlava dell'Islanda, di un posto dove mi voleva portare, di una casa affacciata su un mare di piombo, dove sarebbe voluto andare a vivere un giorno, forse prima, con me. Mi raccontava delle balene che nuotavano nella baia, delle foche che nelle giornate serene si crogiolavano al sole sugli scogli frangiflutti del faro, di una lunga spiaggia di sabbia rosa lambita da onde battenti, dei pulcinella di mare che venivano a nidificare sulla scogliera. La casa era lassù, isolata dal mondo, difficile da raggiungere, soprattutto se c'era la neve. Per questo era in vendita, ma nessuno la voleva comprare: e così l'affittavano, però solo d'estate, nel resto dell'anno restava vuota, perché nessuno sarebbe mai andato in vacanza in quel posto d'inverno, quando solo quattro o cinque ore di luce schiariscono la notte artica. Noi sì, invece, noi ci saremmo andati, l'avremmo affittata, e poi ce la saremmo comprata. Mi diceva che era un po' messa male, mi chiedeva come la sistemeresti tu che sei architetto? Io ridevo e gli rispondevo non sono ancora architetto e poi come faccio a saperlo se non l'ho mai vista? e lui me la spiegava, muro per muro, finestra per finestra, camera per camera. Mi diceva presto la vedrai.

«Ho sempre saputo che ci sarei tornato, perché ho lasciato il mio cappello nascosto dentro un armadio, un vecchio berretto di lana blu, e dovunque lasci il tuo cappello quella è casa tua. Lo ha detto Marvin Gaye, non so se lo conosci, era un musicista del...»

Questo mi stava dicendo quando lo ha interrotto il loro schiamazzare.

«Ehi, amico, fermati, bevi qualcosa con noi?»

Ho fatto per girarmi, per vedere chi fossero.

«Non ti girare» mi ha detto Sean, «cammina più veloce.»

«Quanta fretta. Cos'è, non vedi l'ora di scopartela?»

Li abbiamo sentiti correre, ci hanno raggiunto, affiancato, superato. Ci si sono parati davanti. Erano bagnati fradici, e anche ubriachi.

«Vuoi bere, amico?» ha detto quello che pareva il capo, l'unico ad aver parlato fino a quel momento. E ci ha mostrato una bottiglia di vodka mezza vuota.

«Grazie no» ha risposto Sean.

Ci siamo fermati, loro ci sbarravano la strada.

«Come no? Ti fa schifo bere dalla mia bottiglia? O la mamma non vuole che bevi gli alcolici?»

«Ok, ragazzi, va tutto bene» ha detto Sean, «vi do tutto quello che ho.» E ha tirato fuori il portafoglio. Gli ha dato i soldi che c'erano dentro, gli ha fatto vedere che era vuoto.

Il tizio li ha presi, se li è messi in tasca e poi ha detto:

«Se mi vuoi dare tutto quello che hai, mi devi dare lei».

Gli altri hanno riso.

Uno ha detto:

«Io voglio lui, invece, guardate che bei capelli che ha». E ha fatto per accarezzarglieli. Sean gli ha spostato bruscamente la mano.

Sean li aveva lunghi, i capelli, fino alle spalle, lisci e neri come una cascata d'inchiostro.

Il capo ha fatto un cenno, uno mi ha strappato via da Sean. Gli altri due gli sono balzati addosso. Lui ha cercato di divincolarsi, ma lo hanno messo con le spalle al muro.

Il capo, il più grosso di tutti, mi ha preso per i capelli con una mano, me li ha tirati, girati, mi ha spinto giù, accucciata davanti a lui. Non riuscivo a resistere alla sua forza. Con l'altra mano si è calato i pantaloni. Ho serrato la bocca. Ho cercato di voltarmi da un lato. Lui insisteva, facendomi male. Poi ha detto vaffanculo. Mi ha dato una pedata, mi ha buttato per terra, mi è saltato sopra. Avevo una gonna corta, i collant pesanti di lana, ho sentito le sue mani che si infilavano tra le mie cosce, la sua puzza di sudore, di alcol, di vestiti lerci, bagnati. Mi è venuto da vomitare, da piangere, da gridare, ma non ci riuscivo. Ho sentito urlare Sean, invece, diceva lasciala bastardo. Da terra, con quell'uomo addosso, ho visto Sean che riusciva a scrollarsi dalla morsa degli altri due. L'ho visto sferrare un pugno a uno e un calcio all'altro, fare due passi e chinarsi sull'uomo che era sopra di me, cercare di alzarlo prendendolo per il giubbotto. Ho visto gli altri afferrarlo da dietro. Tirarlo su come un manichino. Accerchiarlo, picchiarlo. Anche l'uomo che era sopra di me gli era balzato addosso dicendo lasciatemelo. Non lo vedevo più, in mezzo a tutti loro. Ha urlato scappa, Blanca. Ho cercato di alzarmi. Non ce la facevo. Mi girava la testa. Mi sono trascinata fino al muro. La luce di una finestra sopra di noi si è accesa. Ho urlato anch'io aiuto! Mi tremavano le gambe, la voce. Poi ho sentito un gemito, sordo, soffocato. Un soffio che aveva la potenza di un grido. Tutto si è fermato. Loro si sono fermati. Ora non lo picchiavano più. Si sono allontanati da lui. Che era in piedi, immobile. Aveva un coltello piantato nel cuore. Piantato nel cuore. Sembrava sorpreso. Ha chinato la testa, lo ha toccato, accarezzato, come per non farsi male. Ha cercato di tirarselo via. Poi si è accasciato. Uno di loro ha detto andiamocene, presto. Due sono scappati. Il terzo, quello che era stato sempre un po' in disparte, ha detto Julien, vieni via. Julien ha fatto qualche passo verso Sean, si è piegato su di lui, gli ha sfilato il coltello dal cuore. Col coltello stretto in mano si è girato verso di me, si è avvicinato, ancora un passo. Da quella finestra con la luce accesa, si è affacciata un'ombra che ha urlato qualcosa. È restato un attimo interdetto, come per considerare se gli restava il tempo per uccidermi, o se ne valesse la pena. Si è voltato e ha visto che i suoi compari non c'erano più, già inghiottiti dai vicoli. Intanto quell'ombra gridava. Lui a mezzo metro da me. Mi ha detto troia, è colpa tua, poi mi ha sferrato un calcio e un altro e un altro ancora. Sono svenuta...

Ci siamo sposati perché sentivamo l'urgenza di farlo. L'avevo conosciuto a Parigi, una sera di settembre che pioveva forte, e io non sapevo come tornare in albergo. Mi aveva accompagnato lui. Da quel giorno non ci eravamo più separati, eravamo venuti in Spagna insieme, a casa mia. Io ero a Parigi in vacanza con un'amica, lui ci lavorava, suonava la chitarra in un piccolo jazz bar di Marais, dove ero entrata per caso, perché iniziava a piovere. Sono stata ad ascoltarlo, incantata dalla sua bellezza e dalla sua chitarra, dal modo che aveva di suonarla e di muoversi. È venuto lui da me, alla fine, perché, ha detto, anch'io lo avevo incantato e voleva sposarmi. Abbiamo bevuto una birra e quando siamo usciti da quel bar forse eravamo già innamorati. Sean era un ragazzo forte e gentile, bello e generoso, unico. Non era francese, suo padre lo era, la madre invece thailandese, ma non la vedeva da quando aveva sei anni. Era nato a Bangkok. Dopo la separazione dei suoi aveva seguito il padre a Parigi, mentre la madre era tornata a fare la puttana. Escort di lusso, così l'aveva conosciuta il padre di Sean, appena arrivato a Bangkok, dove si doveva fermare a lungo per lavoro. Voleva una donna in camera, gli avevano mandato lei. Si erano innamorati, sposati, era nato Sean. Poi era finita. Lei era bellissima. Ho visto una foto, l'unica che Sean aveva di sua madre. Appena compiuti diciotto anni, era andato via, per il mondo con la sua chitarra. Voleva cercare la madre, anche, ma non l'aveva trovata, o forse sì, non lo so, è sempre stato vago, troppo sbrigativo su questa storia. Forse è successo qualcosa che non riusciva a dirmi, probabilmente si è trovato di fronte a una realtà che avrebbe preferito non scoprire. Quell'estate era tornato, ma solo per tirare su un po' di soldi e ripartire. Invece ha conosciuto me, ed è con me che è ripartito, che si è fermato. In Spagna, a Barcellona, dove sono nata e dove vivevo, dove vivo tutt'ora, sola. Io studiavo e la sera servivo ai tavoli di un ristorante, lui suonava dove capitava. Finito il lavoro, quasi sempre lo raggiungevo. Era bravo, molto richiesto, stava incidendo un disco. Eravamo felici, avevamo pochi soldi e molti sogni. Ora non più, non studio più, da quel giorno ho smesso, anche di sognare. Sono rimasta sola, in questa casa della città vecchia dove abitavamo, dove abitavo anche prima. Una piccola mansarda al Raval, perfino troppo grande, ora. Non c'è più neppure Luce, la notra gatta. Era entrata nella mia vita con lui, con Sean, misteriosamente. Sbucata dai tetti la stessa mattina del nostro primo risveglio in questo letto, troppo grande, ora. Non era randagia, era bianca, pulita, per niente selvatica, si capiva che era di qualcuno. Ma i gatti non hanno padroni, e aveva scelto noi. È stato il suo miagolio a svegliarci. Durante il giorno stava con noi, di notte spariva, chissà dove. Per questo l'abbiamo chiamata Luce. Da quando è morto Sean, se n'è andata anche lei. Non l'ho più vista, di mattina non è più tornata. E ogni mattina la aspetto, almeno lei la aspetto, sporgendomi dalla finestra per vedere se per caso non è accoccolata sui tetti. Passo le mie giornate chiusa in casa nell'attesa di un gatto e nell'assurda ricerca di Sean. Sfioro la sua chitarra, metto in ordine le sue cose, ascolto la sua musica, sforzandomi di farlo come diceva lui, lasciandomi trasportare dalla melodia, cercando di farlo senza pensare, come mi aveva insegnato Sean. Ma non ci riesco. Quando esco, esco per tornare nei posti dove siamo stati insieme, quando rientro a casa penso che ci sia lui ad aspettarmi. E di sera lavoro, servendo ai tavoli come un automa, ma domani mi fermo, vado via. Ho una ragione per farlo, nessun motivo per restare. Neppure il figlio che portavo in grembo, e che ho perso quella notte. Sean non lo sapeva ancora, io stessa l'avevo scoperto da poche ore, ero soltanto alla terza settimana di gravidanza. Glielo avrei detto appena rientrati a casa, brindando con del rarissimo vino rosso francese che Sean aveva voluto tenere per noi due. Sarebbe stato il mio regalo di nozze.

... Mi sono risvegliata confusa, per un attimo ho creduto di aver sognato. Invece no. Mi sono guardata attorno. Ero distesa sul letto di una stanza di un ospedale, chissà quale. Mi facevano male la testa, le gambe, la pancia. Mi pareva che le lenzuola fossero bagnate. Le ho alzate, e ho visto che tra le mie gambe erano macchiate di sangue. E la macchia si stava allargando.

La Malattia

La Malattia si manifestò con ogni probabilità nelle aree subequatoriali del continente africano intorno alla metà del Ventunesimo secolo, ma fu diagnosticata ufficialmente il 13 luglio 2083 a un abitante di Boston che sarebbe morto un mese dopo. Quasi trent'anni di ricerche e nessuna équipe medico-scientifica era venuta a capo di nulla. La sindrome – comunemente definita "Malattia" essendo l'unica per la quale non erano state ancora trovate cure efficaci – era stata catalogata dall'Oms con l'acronimo Pca (Atrofizzazione Cellulare Progressiva) ed era caratterizzata appunto dalla progressiva atrofizzazione della membrana cellulare. La patologia aggrediva in fase iniziale le cellule cutanee per poi propagarsi a quelle delle parti molli finendo per intaccare l'intero sistema scheletrico. Interessava tutte le cellule tranne quelle cerebrali, che per qualche ragione non ancora del tutto accertata parevano essere protette dalla barriera ematoencefalica (cui peraltro la natura ha assegnato il compito di isolare l'encefalo dal resto dell'organismo) e forse dalla stessa struttura anatomofunzionale del tessuto neuronale che misteriosamente rappresentava un limite invalicabile alla degenerazione atrofica. Insomma, il cervello rimaneva intatto. Il trapianto dei singoli organi si era rivelato inutile perché dopo poche settimane dall'intervento subivano essi stessi il medesimo processo degenerativo. L'eziologia era del tutto sconosciuta, tuttavia le ricerche avevano escluso quella infettiva.

La Pca, tranne rarissimi casi, colpiva indifferentemente maschi e femmine di età non inferiore ai settant'anni (la vita media, senza distinzione di sesso, era di centodieci anni) raggiungendo il suo picco massimo intorno agli ottanta per poi decrescere dopo i novanta. Si registrava un caso ogni quindicimila abitanti (cinquemila se si considerava solo la fascia di età a rischio), ma il dato più preoccupante era la crescita esponenziale della sua incidenza. Ogni anno in pratica raddoppiava la sua diffusione sulla popolazione ultrasettantenne del pianeta che, grazie a un rigoroso controllo delle nascite, contava circa nove miliardi di persone.

Lo stato avanzatissimo della robotica e l'urgenza dettata dalla diffusione così rapida della Pca avevano permesso di bruciare le tappe della sperimentazione che aveva portato all'installazione del cervello umano su androide di ultima generazione. Erano già stati tentati tredici trapianti, di cui gli ultimi nove riusciti perfettamente, ma senza alcun apparente motivo e senza lasciare spiegazione di sorta, tutti gli androidi si erano suicidati dopo circa un mese dall'intervento.

Parallelamente anche il trapianto di cervello tra umani, o meglio di cervello su corpo di donatore umano, era approdato all'ultima fase della sperimentazione. Dopo innumerevoli tentativi falliti, già da qualche anno erano stati eseguiti con successo diversi trapianti su animali, intesi come cervello di animale trapiantato su corpo di animale della stessa specie. Nei laboratori dei tre centri all'avanguardia in questo campo vivevano, in buona salute e monitorate ventiquattr'ore su ventiquattro, sedici cavie di animali di grossa taglia trapiantati (maiali, cani, scimmie antropomorfe). Lucy, una gorilla di ventidue anni, trapiantata da un chirurgo americano di origine vietnamita considerato il pioniere nonché massimo luminare per questo tipo di interventi, già da più di due anni ormai, non presentava particolari problemi, se non alcune lievi difficoltà nei movimenti più fini e una certa irritabilità. Non era ancora mai stato tentato il trapianto "di corpo" sull'uomo.

Erano le due di notte

Erano le due di notte e non avevo ancora chiuso occhio, nonostante mi sentissi spossato. Ormai mi muovevo a fatica, riuscivo ancora a camminare ma solo se sostenuto. Da quando mi era stata diagnosticata la Malattia, otto mesi prima, il mio declino era stato lento ma invincibile. I primi tempi le persone affette da Pca morivano entro un mese, massimo due, poi le cure erano riuscite a prolungare l'agonia per un anno. Avrei avuto davanti a me ancora tre mesi di vita, forse quattro.

La Malattia si era manifestata nel solito modo: desquamazione cutanea. Non era stato difficile diagnosticarla, sapevo già di esserne affetto ancor prima di andare dal medico, ed era bastata una goccia di sangue per averne la certezza. L'assurda proposta che mi era stata fatta, quella di trapiantare il mio cervello sul corpo di un donatore, era l'unica mia possibilità.

Domani, domani sarebbe stato il giorno più importante della mia vita. Sarei entrato in ospedale e, se tutto fosse filato liscio, ne sarei uscito completamente guarito, ma a che prezzo. Mi sentivo sollevato e angosciato nello stesso tempo. Troppi erano i dubbi e le paure che mi tormentavano.

Ripensavo al giorno in cui mi era stato proposto il trapianto, il 6 febbraio del 2110.

Quella mattina, accompagnato come sempre da mia moglie, ero stato al St. John Hospital per il controllo settimanale.

Sul taxi avevo detto a Ellen:

«Ho paura che questa sarà l'ultima volta che riuscirò ad andare all'ambulatorio con le mie gambe. Già oggi ho fatto uno sforzo incredibile, quando tornerò a casa sarò distrutto, però sappi che non voglio essere ricoverato, voglio morire in casa».

«Non dire così, David, per favore» aveva risposto Ellen sospirando, «tu resterai a casa, con me, sempre.»

«Te lo dico perché ieri, quando tu eri al lavoro, ha chiamato una tizia dall'ospedale per ricordarmi l'appuntamento e sincerarsi che venissimo. Non lo fanno mai, e quindi mi è suonato strano. Sia chiaro che se per caso mi proponessero il ricovero gli dico di no.»

«Anch'io.»

Appena arrivato in ospedale, venni sottoposto alla solita routine: prelievi del sangue e somministrazione di alcune terapie standard che servivano unicamente a rallentare il fatale decorso della malattia. Poi, con i risultati poco confortanti degli esami, passai dall'ambulatorio per la consueta visita. Mi aspettavo l'immancabile dottorino, invece trovai ad attendermi nientemeno che il dottor Spacek, il responsabile del Centro studi sulla Pca.

«Buongiorno, dottor Costello. Prego si accomodi, anche lei, signora, prego.» Fece cenno a entrambi di accomodarci sulle due poltrone poste di fronte alla sua scrivania.

Ellen mi aiutò a sedermi e si sedette accanto a me.

«Prima di tutto, come sta?»

«Non bene, in queste ultime tre settimane la situazione è molto peggiorata. Come avrà notato mi muovo con difficoltà, e poi ho spesso forti nausee, violenti dolori muscolari, sono sempre stanco, dimagrisco a vista d'occhio, non riesco quasi più a nutrirmi e dalla settimana scorsa ho perso ancora due chili, in tutto sono venticinque da quando mi sono ammalato. Credo di non averne ancora per molto.»

«Non è detto.»

«Come non è detto? La Malattia è una condanna a morte!»

«Infatti, però ci sarebbe una nuova possibilità, vorrei proporle il trapianto.»

«Non se ne parla nemmeno, non voglio inscatolare il mio cervello nella testa di un robot che dopo un mese si suiciderà, un mese di vita in più non mi serve a nulla soprattutto dopo aver subìto un intervento del genere... E poi non so, l'idea di diventare una macchina non mi piace per niente... No, grazie, preferisco morire. Fosse per me» e mi voltai verso Ellen, «anche ora.»

«Aspetti, io le sto proponendo un'altra cosa...» Pareva che Spacek fosse in imbarazzo. Ci fu un attimo di silenzio, interrotto dalla mia espressione interrogativa. «Le sto proponendo un trapianto su donatore umano.»

«Cioè, vorrebbe dire che...»

«Che il suo cervello sarebbe trapiantato sul corpo di un'altra persona deceduta per infarto o emorragia cerebrale o altro, comunque un corpo intatto, ma soprattutto sano.»

Deglutii quella poca saliva che ancora mi bagnava la bocca e poi mi girai verso Ellen che mi guardava con gli occhi lucidi.

«Ma non è mai stato tentato un intervento del genere» dissi con un filo di voce.

«Lo so, ma siamo certi che andrà a buon fine, prevediamo una durata dell'operazione di circa venti ore, anche se, essendo la prima volta, non ne possiamo essere sicuri. È una stima basata sui tempi degli interventi sugli animali di grossa taglia.»

«Lei ha già operato cavie animali?»

«Non io, non sono un chirurgo, ma naturalmente tutta la nostra équipe affiancherà quella chirurgica. La seguiremo costantemente.»

«E chi mi opererebbe?»

«Il professor Xuan Thuan, dovrebbe conoscerlo, è piuttosto famoso, un luminare in questo campo.»

«Certo, ne ho sentito parlare, opera al St. John, se non sbaglio?»

«Naturalmente. Il nostro centro è all'avanguardia nei trapianti. Conosce il caso di Lucy?»

«La scimmia?»

«Sì, siamo stati noi a eseguire l'intervento.»

«E come sta?» chiesi accennando un vago sorriso. «Bene, no?»

«Direi proprio di sì.»

«Non ha tentato di suicidarsi?» ribattei facendo di nuovo comparire un fugace sorriso sulle labbra.

«No, ovviamente» rispose serio il dottore, «il suicidio non è contemplato nel comportamento animale.»

«Quindi, ammesso che accetti la sua proposta e ammesso che l'intervento vada a buon fine, non possiamo essere sicuri che anch'io non mi suicidi.»

«Sicuri no, devo essere franco, i motivi del suicidio degli androidi ci risultano inspiegabili, tuttavia è presumibile che non siano in alcun modo legati alla Pca.»

«E lo vorreste verificare su di me?... E poi, scusate, dando pure per scontato che il trapianto riesca, come potete pensare che sia la soluzione per la Pca? Se non trovate una cura e se la crescita della Malattia continua in questo modo, entro dieci anni tutta la popolazione del pianeta sopra i settant'anni sarà spazzata via, non potrete trapiantare tutti, non ci saranno abbastanza morti! Fareste meglio a capire cosa c'è che non va negli androidi, di quelli ne potrete costruire quanti ne vorrete e così tra qualche anno il mondo sarà pieno di robot ultrasettantenni.»

«E infatti stiamo cercando di capirlo, ma non è così semplice... Tra l'altro i robot di ultima generazione, cioè quelli compatibili con il cervello umano, in pratica sono ancora dei prototipi e hanno dei costi di produzione che lei non può nemmeno immaginare...»

«Li immagino, mia moglie è ingegnere informatico» dicendo questo mi voltai verso Ellen che annuì, «e, da quanto ci risulta, nel giro di due, massimo tre anni potrebbero essere prodotti in serie...»

«È vero, ma non abbiamo tre anni. Lo ha detto anche lei, la crescita della Pca è esponenziale, per adesso le percentuali potrebbero non essere giudicate preoccupanti, ma diventano significative se si considera che la Malattia colpisce quasi esclusivamente una determinata fascia d'età, che poi è quella dell'establishment...»

«È la volta che lasceranno la poltrona ai più giovani!» esclamai con tono quasi soddisfatto.

«Purtroppo non c'è da scherzare» disse Spacek serissimo (pensai "E chi scherza?"). «La Malattia ha colpito anche persone molto importanti, direi indispensabili per gli equilibri politici ed economici mondiali, sono *cervelli* che l'umanità non può permettersi di perdere, in attesa di trovare una cura o di capire perché i robot si suicidano...»

«Ecco, appunto, intanto potreste impedirgli di suicidarsi, in fondo mi pare che tre si siano fatti saltare il cervello e gli altri, che probabilmente non avevano armi disponibili, abbiano pensato bene di buttarsi nel vuoto badando a fracassarsi il cranio. Del resto non credo che gli androidi abbiano molte altre alternative per morire, non dovrebbe essere difficile impedirglielo, basta non dargli una pistola e chiudere bene le finestre! Per un certo periodo, finché non riuscite a capirci qualcosa, potreste tenerli in osservazione in un luogo, diciamo così... protetto. Perché non lo fate?»

«Non sono autorizzato a risponderle a questa domanda. In ogni caso è indispensabile, anzi, urgente, trovare altre soluzioni, e quella che le sto proponendo è l'unica praticabile in questo momento, e comunque sia siamo pronti, non ha senso aspettare.»

«Quindi io farei da cavia per il potente di turno, chi è, il Presidente?»

«Non la metta così, piuttosto si consideri fortunato che la scelta sia caduta su di lei.»

«Ok, va bene, mi considero fortunato... e allora... mi faccia capire, trapiantate il mio cervello sul corpo di un donatore, e poi?»

«E poi lei continuerà a vivere, sarà guarito, sarà sempre lei ma... dentro il corpo di un'altra persona. Le ripeto, in attesa di trovare una cura efficace per la Pca, è l'unica soluzione.»

Deglutii ancora e poi chiesi: «Ma come fate a esserne certi, che sarò sempre io, voglio dire».

«L'identità di un individuo risiede di fatto nel cervello… Certo, andrà incontro a problematiche neuropsicologiche che possiamo prevedere solo in parte, ma pensiamo di riuscire a sostenerla adeguatamente.»

«Sì, però, mi scusi, anche gli androidi, intendo dire quelli su cui è stato tentato l'intervento, avrebbero dovuto mantenere inalterata la loro identità, eppure tutti i media parlavano di un mutamento del carattere che…»

Il medico mi interruppe, sapeva cosa gli volevo dire.

«Gli androidi erano… sono macchine con il cervello umano, ma restano pur sempre delle macchine, lo ha detto anche lei, no? Come i robot interamente artificiali, non mangiano non bevono non dormono. Non hanno un cuore né organi interni, non hanno sangue. A prescindere da ogni considerazione sulle drastiche differenze tra l'avere un corpo meccanico o umano, per quanto per così dire… nuovo, e dunque sull'infinitamente maggiore contraccolpo psicologico che ne deriva, se un individuo non prova fame o sete o freddo, o qualsiasi altra sensazione di questo tipo, è evidente che finirà per andare incontro a profonde modificazioni caratteriali. Ma anche riguardo alla percezione delle emozioni vi saranno differenze notevoli. Come certo saprà, la sede delle emozioni, così come la loro consapevolezza, risiede nel cervello, quindi, anche gli androidi trapiantati sono in grado di provarle, tuttavia, il loro sistema nervoso periferico è composto da fibre sintetiche che, grazie a stazioni di microchip, decodificano gli stimoli e li inviano all'encefalo, il quale li elabora e risponde nel solito modo, ma le sue risposte vengono un'altra volta rielaborate a livello informatico. Questo processo impedisce che si riproducano tutte le sottili risposte neurovegetative di un essere umano. In altri termini, il cervello prova le emozioni, ma queste non suscitano negli androidi nessuna risposta neuroumorale periferica, da cui ne consegue un generale impoverimento nell'espressione emotiva e, in ultima analisi, anche un mutamento del carattere. Potremmo dire, se mi consente un termine poco ortodosso, che gli androidi sono tipi freddi, che non dimostrano alcuna emozione. Ma questo lo sapevamo benissimo ancor prima di procedere con gli interventi, insomma, per le emozioni il copyright ce l'ha ancora Dio, a quanto pare.»

Il dottor Spacek, fiero della sua battuta, sorrise, poi continuò:

«Per lei sarà diverso, il suo cervello verrà trapiantato su un corpo umano, che diventerà a tutti gli effetti il suo corpo, e che sarà in grado di sviluppare tutte le reazioni emotive, sensitive, neurofisiologiche e biochimiche umane. Se qualcuno la spaventerà, avrà paura come l'ha sempre avuta, tremerà nello stesso modo di sempre, cosa che, ovviamente, negli androidi non può accadere».

«E sarà la stessa paura che provo io adesso? Non so se capisce quello che intendo.»

«Capisco benissimo. In linea di massima sì, ma chi lo può dire?» disse Spacek allargando le braccia.

«Come sarebbe chi lo può dire?»

«La stoffa della poltrona sulla quale è seduto è rossa, o meglio, entrambi la riconosciamo come rossa, ma io non posso sapere se il rosso che vede lei è identico a quello che vedo io. Con le emozioni le possibili differenze sono più sottili e complicate perché entrano in gioco ancora più variabili. Ma alla fine ciò che conta è il cervello, e lei manterrà il suo, che a differenza degli androidi verrà impiantato su un corpo umano, quindi ritengo che le farà provare la stessa paura di sempre.»

«Ritiene» ho bisbigliato piuttosto perplesso.

«Certo, ritengo, ma a ragion veduta. Mi risponda a questa domanda: se io adesso le do un pizzicotto e le faccio male, da dove pensa che provenga il dolore che sente, da dentro o da fuori?»

«Da fuori, immagino.»

«No, da dentro, dal suo cervello, è il cervello che controlla tutto. Il corpo è soltanto una ricetrasmittente, ogni ricetrasmittente ha le sue peculiarità, è ovvio, ma di fatto resta sempre un mezzo, che nel suo caso cambierà totalmente, per questo le dico che non possiamo prevedere se non in parte le sue reazioni. Le relazioni psiche-soma sono ancora piuttosto difficili da decodificare, figuriamoci le relazioni della sua mente con il nuovo corpo, il suo cervello dovrà rimodellarsi secondo i segnali che gli verranno forniti dal nuovo recettore, chiamiamolo così, e a sua volta il recettore dovrà rispondere in modo adeguato ai comandi del suo cervello, ma non succederanno cose drammatiche, stia tranquillo, non sono successe nelle cavie animali, non c'è ragione che succedano a lei. Naturalmente è possibile che persista una sorta di memoria periferica del donatore che in qualche modo interagirà con sue percezioni, ma, ripeto, in che termini non lo possiamo sapere. Un esempio dei tanti che le potrei fare: gli androidi, benché siano capaci di riprodurre qualsiasi movimento, anche i più fini, si muovono tutti allo stesso modo, e questo, per quanto ci è stato possibile verificare per il tempo che sono restati *vivi*, valeva, con insignificanti differenze, anche per androidi in cui era stato trapiantato un cervello umano. Noi supponiamo invece che, almeno per i primi tempi, è possibile che possano perdurare tratti del donatore come un particolare atteggiamento posturale. Ha capito?»

«Certo! Lei mi sta dicendo che io manterrò gli atteggiamenti posturali di quell'altro.»

«Non di quell'altro! Sarà lei, questo è fondamentale che lo capisca, ma avrà tempo per elaborarlo.»

«Mah... Mi pare tutto così assurdo.»

«La vita è assurda, caro Costello, l'evoluzione dell'Uomo è assurda, questa malattia è assurda.»

«Mi tolga una curiosità: perché proprio io, cioè, perché lo state proponendo proprio a me?»

«Abbiamo studiato profondamente il suo cervello... Dal punto di vista neurofisiologico, nonostante i suoi ottant'anni, direi che è perfetto, non presenta alcun segno di sclerosi. Inoltre, grazie ai test a cui è stato sottoposto, abbiamo analizzato anche le sue caratteristiche psicologiche e riteniamo che lei, tra i nostri pazienti, sia una delle persone più adatte a sostenere un trauma del genere. Come certo saprà, il nostro è un centro all'avanguardia non solo per quanto riguarda l'aspetto chirurgico ma anche per quello neuropsichiatrico e possiamo avvalerci di un'équipe di professionisti di altissimo livello che la seguiranno per tutto il decorso postoperatorio, che comprenderà, ovviamente, anche il sostegno psicologico. Si occuperà di lei la dottoressa Gauss, la responsabile del Centro psicologico di diagnosi e cura del St. John che, tra l'altro, dovrebbe aver già conosciuto.»

Certo che l'avevo conosciuta! Come avrei potuto scordare quella donna glaciale che mi aveva sottoposto a un lungo colloquio, quasi un interrogatorio, circa un mese prima. Si era presentata proprio con quel nome: «Sono la dottoressa Gauss, dovrei somministrarle qualche test e parlare un po' con lei, fa parte del programma terapeutico». Alla faccia del "parlare un po'", due ore di fila di domande! Tra l'altro, coincidenza karmica, di vista la conoscevo già, doveva abitare dalle mie parti perché l'avevo incrociata qualche volta, ma senza immaginare che potesse essere questo genio della psicologia.

«E poi lei è un creativo, mi risulta che alcune delle più importanti campagne pubblicitarie degli ultimi anni siano opera sua. Riteniamo che la creatività sia un fattore predisponente a una maggiore adattabilità, il suo cervello è per così dire... favorevolmente duttile. Allora, cosa ne dice?»

«Che prospettiva di vita ho?» chiesi, fregandomene del "favorevolmente duttile".

«Se l'intervento andrà bene, e non abbiamo motivi per dubitarne, sarà molto più lunga di quella che avrebbe avuto se non si fosse ammalato. In teoria, viste le condizioni del suo cervello, considerato che verrà innestato in un corpo sicuramente più giovane e sicuramente sano, quindi in grado di irrorare perfettamente, lei potrebbe vivere ancora almeno sessanta, settanta anni...»

«Ma io non voglio vivere ancora settant'anni!» esclamai.

«In teoria, ho detto. Consideri che il processo degenerativo cerebrale farà in ogni caso il suo corso, e comunque non credo che ora lei si debba preoccupare di questo, anzi, l'intervento le darà una prospettiva di vita sana e credo anche felice, con un corpo sicuramente molto più giovane del suo. Non siamo ancora arrivati all'immortalità ma come vede ci stiamo attrezzando!»

E di nuovo il dottor Spacek, orgoglioso del suo umorismo, sorrise.

Guardai Ellen che fece un inconsapevole segno di sì con la testa. Aveva le lacrime agli occhi.

«Non so» dissi, «ci devo pensare.»

«D'accordo, non troppo, però, abbiamo poco tempo. La sua situazione rispetto a un mese fa è effettivamente parecchio peggiorata, inoltre, sarò sincero, abbiamo proposto l'intervento ad altri due pazienti che hanno già accettato. Personalmente ritengo che lei sia il più adatto, tuttavia subiamo forti pressioni per agire il prima possibile...»

«Immagino» dissi facendo una smorfia sarcastica. Ma il dottore non si scompose e continuò:

«... Naturalmente dipende anche dalla compatibilità con il corpo del possibile donatore che...».

«Ma come?» lo interruppi, «mi risulta che la compatibilità degli organi non sia più un problema.»

«Ha detto bene, degli organi, ma come lei può facilmente intuire, ci troviamo di fronte a una situazione particolare e del tutto nuova: fino a ora uno o più organi del donatore venivano trapiantati nel corpo del ricevente, nel suo caso invece accade il contrario, sarà l'organo del ricevente che verrà impiantato sul corpo del donatore, quindi, non avendo riscontri in proposito, se non quelli sulle cavie animali, preferiamo agire su due corpi altamente compatibili. Sono sicuro che l'intervento riuscirebbe perfettamente anche con una bassa compatibilità, tuttavia, potendo scegliere... Quindi, a prescindere dalla sua decisione, privilegeremo il paziente più adatto, che, le ripeto, riteniamo sia lei, non solo dal punto di vista fisiologico ma anche da quello psicologico. Adesso dipende solo da lei.»

«Quanto tempo ho per decidere?» chiesi.

«Prima decide meglio è, così inoltreremo immediatamente anche la sua richiesta. Senza la sua autorizzazione abbiamo le mani legate e dunque non possiamo neppure iniziare a cercare un donatore compatibile. Ma per avere ragionevoli speranze che la scelta cada su di lei è necessario muoversi rapidamente, per ora è in programma un solo intervento, se poi riuscirà e non andremo incontro a nessun altro problema...»

«Per "nessun altro problema" intende il suicidio, immagino?» lo interruppi bruscamente. Spacek mi guardò interdetto, non sapeva che dire, così continuai: «Lei lo chiama problema, per me sarebbe qualcosa di più di un problema».

«Mi scusi, dottor Costello, ma cercavo di essere meno diretto.»

«Preferisco che sia diretto invece, dica le cose come stanno: se non mi suiciderò...»

«D'accordo, come vuole, se non si suiciderà, ma mi creda, lo riteniamo un evento improbabile. Siamo convinti che, per qualche ragione che ci sfugge, la causa del suicidio degli androidi non sia direttamente collegabile alla Pca, ma dipenda da fattori che riguardano come dire... l'incompatibilità di un cervello umano con gli attuali corpi meccanici, che peraltro, come le dicevo, sono ancora dei prototipi.»

«Ah be'» lo interruppi ancora, «è solo una questione tecnica, e comunque non *siete convinti*, secondo me, almeno finché non avrete trovato "la ragione che vi sfugge".»

«In ogni caso» continuò il dottor Spacek con un tono ora piuttosto scocciato, «fatta salva la remota ipotesi del suicidio, se non interverranno altri problemi, ma anche in questo caso, che lei ci creda o no, siamo sufficientemente tranquilli, tra circa due mesi è previsto un secondo trapianto, ma è inutile che ci giri intorno, se come mi chiede devo essere franco, tra due mesi per lei potrebbe essere troppo tardi.»

«O magari è troppo tardi anche per il pezzo grosso...»

«Abbiamo già deciso» intervenne Ellen per interrompere una discussione che stava prendendo una brutta piega. Poi rivolgendosi a me disse: «Questi discorsi non mi interessano, non voglio sapere niente, non voglio sapere se ti stanno proponendo l'intervento per poi provare a salvare qualcun altro, e allora? Se anche fosse? Intanto adesso salvano te e questo mi basta. Non ti voglio perdere, David, dobbiamo sfruttare questa possibilità. Ho settantacinque anni, non voglio passare i prossimi trenta senza di te».

«E a me non ci pensi? Lo hai sentito il dottore? Ha detto che potrò vivere ancora settant'anni, sarò io a dover stare quaranta senza di te e a veder morire tutti i miei amici, le persone che amo, probabilmente anche nostra figlia.»

Ellen restò per un po' in silenzio, poi sospirò e disse:

«Hai ragione, David, a questo non avevo pensato, scusa, è terribile... Decidi come credi sia giusto, considera però che vivrai ancora, che vivremo ancora insieme e che, te lo ripeto perché nonostante tutto, sarà egoismo, sarà quello che ti pare ma... non voglio... non posso passare i prossimi trent'anni senza di te».

«E sei sicura che passeresti i prossimi trenta *con me*?»

«Non mi importa, David, sarai tu, sarai comunque tu, succeda quel che succeda, ci abitueremo.»

«E se mi suiciderò?»

«Non accadrà.»

«Come fai a dirlo?»

«Lo sento, ti basta?»

Chiusi gli occhi e tirai un lungo sospiro. Un sospiro di sconforto, paura, rassegnazione. Pieno di dubbi, domande, perplessità. Senza un briciolo di gioia. Ma poi, quando riaprii gli occhi, dissi sì, senza pensarci ancora.

«Bene, dottor Costello, ha fatto la scelta migliore. Ora passi dalla mia segretaria che le farà firmare tutte le autorizzazioni, poi torni a casa e aspetti fiducioso, appena ci saranno delle novità la avvertiremo immediatamente. Si tenga pronto però, perché non ci vorrà molto tempo. E mi raccomando, l'intervento, almeno per adesso, dovrà restare segreto, l'ultima cosa di cui abbiamo bisogno è la pressione mediatica, quindi dovrà impegnarsi a mantenere un assoluto riserbo. Le sarà consentito mettere al corrente soltanto i parenti più stretti, sua figlia e suo genero nel suo caso, a patto che anche loro sottoscrivano l'impegno di segretezza. Sappia che la sua degenza in ospedale durerà all'incirca un mese, forse di più, quindi dovrà giustificare con tutti la sua lunga assenza, naturalmente potrà dire d'essere ricoverato qui da noi, ma dovrà fare in modo che nessuno, tranne sua moglie, e se crede in un secondo tempo sua figlia, la venga a trovare, anche perché come può ben immaginare...»

«Immagino» dissi, «verrebbero a trovare me, ma come dire... farebbero fatica a riconoscermi.»

«Esatto. Sua moglie farà da filtro, spiegherà a tutti che lei è ricoverato da noi ma non vuole vedere né sentire nessuno, vista la sua situazione capiranno.»

«Questo non è un problema» intervenne Ellen, «è già da più di tre mesi che David non vuol vedere né sentire nessuno, vero, David?» E mi guardò, accennando una smorfia di riprovazione. Poi, rivolgendosi di nuovo al dottore, gli chiese: «Quando verrà divulgata la notizia?».

«Questo non è stato ancora deciso, ma sicuramente prima di farlo dovremo essere ben certi che tutto sia andato a buon fine, anche dal punto di vista psicologico.»

«Vogliono essere certi che non mi suicidi» sussurrai voltando la testa verso Ellen e portando platealmente una mano alla bocca come per nascondere i movimenti delle labbra.

Il dottor Spacek fece finta di non sentire.

Tornammo a casa senza dire una parola

Tornammo a casa senza dire una parola, ognuno perso nelle sue preoccupazioni. Dopo che nostra figlia Jennifer si è sposata, siamo rimasti soli. Jennifer lavora per l'Onu, ha conosciuto Shaoul, il futuro marito, durante il suo primo mandato in Israele. Dopo qualche anno di gavetta in giro per il mondo, sempre nei posti più "caldi", grazie al matrimonio è riuscita a farsi trasferire definitivamente a Tel Aviv, dove Shaoul è nato e lavora, anche lui per conto dell'Onu. Hanno una figlia, la mia dolcissima nipotina Amira, che ormai ha ventiquattro anni, e che da due vive a Cambridge dove sta facendo l'università. Nei miei programmi Amira verrà a lavorare con me. Tra meno di sei mesi, se tutto andrà bene, si laureerà ed entrerà in agenzia dove ha già fatto parecchi stage, e dove un giorno, tra non molto, prenderà il mio posto. Con un socio sono titolare di una agenzia pubblicitaria, mentre Ellen lavora come ingegnere informatico per la Microsoft. Non abbiamo particolari problemi economici, anzi, possiamo considerarci benestanti. Potremmo smettere di lavorare, e del resto l'età della pensione è ormai prossima, ma quello che facciamo ci piace. In ogni caso, avevamo deciso che ancora pochi anni e poi, per tutto il tempo che ci fosse rimasto da vivere, ci saremmo trasferiti definitivamente nella nostra casa sulle rive dell'Atlantico. Poi è arrivata la Malattia a scombinare tutto, e ora: chi andrà con Ellen a vivere nella nostra casa sulle rive dell'Atlantico, io o...

I tre giorni seguenti trascorsero nel solito modo. Ellen usciva presto la mattina per andare al lavoro. Io, sempre più prostrato, rimanevo a letto o in poltrona. Le medicine che assumevo lenivano solo in parte i dolori. Non riuscivo a far nulla, a distrarmi con nulla, a concentrarmi su nulla. Ogni tanto, quando mi sentivo un po' meglio, cercavo di leggere qualche pagina di un libro, ma presto mi stancavo. Riuscivo solo a non pensare, a non avvitarmi in pensieri che mi avrebbero fatto stare ancora peggio. Grazie alla meditazione, che pratico da sempre, ero in grado di scacciare tutte le preoccupazioni suscitate dall'ipotesi del trapianto. Sono convinto che un problema lo si debba affrontare quando si presenta realmente, e che congetture, discorsi, analisi servano solo ad avvelenare la mente. E poi che senso aveva angosciarsi se non ero nemmeno sicuro d'essere io il prescelto? Per questo, ogni volta che mi si proponeva un pensiero relativo al trapianto o alle sue possibili conseguenze, lo allontanavo con la meditazione. Conosco tecniche che mi consentono, in un tempo relativamente breve, di liberarmi da ogni pensiero che mi disturba. Durante il giorno venivo accudito da un'infermiera che mi aiutava in tutte le mie necessità e mi preparava il pranzo, quasi esclusivamente specifici cibi liofilizzati, gli unici che riuscivo ancora a digerire. Intorno alle sette tornava Ellen. Solo una sera, la stessa in cui mi fu proposto il trapianto, affrontammo l'argomento, a letto, prima di addormentarci. Fui io a parlarne, quell'unica volta.

«Tu sei sicura, Ellen?» le chiesi nell'oscurità della stanza.

«Certo che sono sicura.»

«Ma ti rendi conto che se tutto andrà bene ti ritroverai a vivere con un'altra persona?»

«Perché dici così? Sarai tu. Il dottore è stato chiaro, al massimo potrà cambiare qualcosa nel tuo modo di muoverti... insomma, cose insignificanti, comunque non fondamentali, che so...»

«Il dottore non lo può sapere» la interruppi, «non può dire come interagirà quel corpo col mio cervello, se e quanto cambierò, se sarò ancora io. Immagina per assurdo se il mio cervello fosse trapiantato nel corpo di una donna, pensi che cambierei solo nel modo di muovermi? Mi ameresti ancora?»

Ellen riuscì perfino a sorridere, poi scosse la testa e disse: «Io ti amo, David, non voglio perderti, tutto il resto non mi interessa».

«Già, mi ami... lo hai detto. Tu ami me, il mio corpo che hai visto cambiare con gli anni... il mio modo di comportarmi, mi ami per come ti guardo, per come ti tocco, per come sono. Come fai a essere così sicura che potrai...»

Ellen mi posò dolcemente una mano sulla bocca.

«Ti amerò perché sarai tu, avrai vissuto tutte le cose che abbiamo condiviso... tutta la tua vita, quella con me e quella senza di me... Ti ricorderai di tutto quello che abbiamo passato, delle difficoltà che abbiamo avuto e dei momenti felici, e te lo ricorderai sentendo le cose come le senti ora... Ti ricorderai di aver pianto quando è nata Jenny, e quando ci penserai ti emozionerai di nuovo... Sarai tu, David.»

«Sarò io, ma avrò un altro aspetto, un'altra voce, un altro modo di fare...»

«Un altro modo di fare, David, non di essere.»

«Anche di essere... temo, non sarà facile, credimi, non sarà facile per me ma non sarà facile neppure per te, e poi non sono così sicuro che riuscirai a riconoscermi per davvero, ammesso che ci riesca io. Capisci quello che intendo? Pensaci, cerca di immaginare, ti sveglierai e vedrai accanto a te un altro uomo...»

«Tu mi stai parlando di nuovo dell'aspetto esteriore, David.»

«No, Ellen, io ti sto parlando di molto di più dell'aspetto esteriore, io ti sto parlando della *persona*. Di me resterà soltanto il cervello.»

«Mi basta» disse Ellen, «ora dormi, non voglio più parlarne.»

Non ne parlammo più.

Verso la sera del quarto giorno

Verso la sera del quarto giorno, mentre Ellen era in cucina a preparare una tisana, udii l'avviso di una chiamata. Zak, il nostro cane, un labrador bianco, drizzò le orecchie. In quel momento ero seduto in poltrona, con Zak accoccolato ai miei piedi, che non smetteva mai di fissarmi. Stavo leggendo, anzi rileggendo per l'ennesima volta, *Pastorale americana* di Philip Roth, in una rara edizione cartacea del 2069, l'ultima, in tiratura limitata, prima della definitiva abolizione della carta stampata. Sono un collezionista di libri antichi, e ne possiedo alcuni ormai introvabili.

Posai gli occhi sul led e vidi che lampeggiava, riconobbi sul display il numero dell'ospedale. Sfiorandolo accettai la chiamata, anche quella visiva. Davanti a me si materializzò la figura del dottor Spacek seduto dietro la sua scrivania.

«Buonasera, dottor Costello.»

Attraversato da una fitta al cuore, non riuscii neppure a rispondere, e mi limitai a fare un cenno di assenso col capo. Ellen, udendo la voce del dottore, corse vicino a me e mi prese la mano, quindi diede l'assenso per la visione duplice. Spacek la salutò, poi disse:

«Ci siamo, abbiamo il corpo del donatore, l'operazione è fissata per domani mattina. Si sente pronto?».

«Non si è mai pronti per una cosa del genere» risposi con un filo di voce.

«La verremmo a prendere verso le sette, se per lei va bene, o forse preferite usare i vostri mezzi?»

«Se non avete nulla in contrario, preferirei venire con un taxi» risposi.

«Nessun problema. Allora ci vediamo domani mattina, mi raccomando, non oltre le sette e trenta, l'operazione è fissata per le nove, siamo già in possesso di tutti i dati necessari, ma dobbiamo prepararla per l'intervento.»

A quel punto si intromise Ellen.

«Ci può dire qualcosa in più?»

«Certo, signora, stavo per farlo, le dirò tutto quello che mi è consentito. Tuttavia, l'identità anagrafica del donatore è segreta, come sarà segreta quella di suo marito per la famiglia del donatore. Tra le carte che ha firmato, e che hanno firmato anche loro, è inclusa la dichiarazione, sotto la vostra piena responsabilità, che mai e per nessun motivo, lei o suo marito, o qualcuno eventualmente incaricato da voi, dovrà cercare di scoprire alcunché in proposito. Qualsiasi atto in tal senso è vietato dalla legge.»

«Sì, lo sappiamo, ma vorrei avere qualche informazione sul donatore, se è lecito» continuò Ellen.

Il dottor Spacek riprese a parlare:

«È un euroasiatico di ventiquattro anni...».

«Di ventiquattro anni?» lo interruppi alzando perfino un po' il tono della voce.

Il dottore non si scompose e continuò:

«Attualmente il ragazzo è tenuto in vita artificialmente, ma è in coma profondo a causa di un danno cerebrale irreversibile determinato dalle conseguenze di una pugnalata al torace. Si è trattato di un'aggressione compiuta da alcuni balordi, purtroppo non posso fornirle altri particolari né dirle in quale luogo del pianeta è avvenuto il fatto. Fortunatamente, per voi soprattutto, il colpo ha solo sfiorato il cuore, ma ha leso l'aorta, provocando una riduzione dell'afflusso di sangue al cervello e quindi un'ischemia molto estesa. Il paziente è arrivato in ospedale in condizioni disperate, è andato due volte in arresto cardiaco, i chirurghi sono riusciti a ripristinare le pareti lacerate dell'aorta, il flusso sanguigno si è normalizzato e il cuore ha ripreso a battere in modo regolare, ma per lui non c'è stato nulla da fare: date le condizioni del suo cervello è da considerarsi clinicamente morto. Il corpo è intatto, sano, ma soprattutto presenta un grado di compatibilità stupefacente, inoltre la scatola cranica è pressoché identica a quella di suo marito, sia come conformazione che come ampiezza. Persino le dimensioni del corpo sono simili, compresa l'altezza, anche se il ragazzo è tre centimetri più alto, e questo è importante perché il cervello si modella nel tempo anche in base alle informazioni che riceve dal corpo nel suo insieme. L'essere grassi magri alti bassi influisce ovviamente sulla percezione del sé: più simili sono i corpi del donatore e del ricevente e minori saranno i problemi di adattamento. Direi che ci troviamo di fronte a un donatore ideale. Altro non posso dirle, ma se vuole posso inviarle l'immagine olografica del ragazzo, così potrete rendervi conto delle sue caratteristiche fisiche».

«Sì, grazie» disse Ellen, «va bene, David?» Feci cenno di sì col capo, non riuscivo neppure più a parlare.

«D'accordo, le invio la scansione, è ripresa in tempo reale dal reparto di Rianimazione dove il ragazzo si trova in questo momento. Adesso vi saluto, ci vediamo domani, mi raccomando puntuali.»

La figura del dottore si dissolse e dopo qualche secondo si compose quella olografica del giovane. Era disteso su un letto, coperto da un sottile lenzuolo verde e collegato tramite alcuni piccoli tubicini alle macchine che lo mantenevano in vita, ma il viso si vedeva bene. Si intuiva appena la sua origine asiatica. Aveva i capelli neri, lunghi fino alle spalle. I lineamenti fini, dolci, regolari, sembrava un angelo.

Con Ellen lo fissammo per un tempo sospeso senza

parlare, poi, d'un tratto, quasi ci fossimo messi d'accordo, i nostri sguardi si incrociarono e io, in risposta alla sua espressione interrogativa, feci una smorfia strana, ironica, appena divertita, come per dire: "Ma guarda cosa ci doveva capitare". Ellen colse al volo quell'attimo e disse:

«Mai più mi sarei immaginata di arrivare a settantacinque anni e di mettermi con un ragazzino di venti».

Sorridemmo entrambi, per la prima volta dopo tanto tempo.

Erano le due di notte

Erano le due di notte e non avevo ancora chiuso occhio, nonostante mi sentissi spossato. Domani, domani sarebbe stato il giorno più importante della mia vita. Sarei entrato in ospedale e, se tutto fosse filato liscio, ne sarei uscito completamente guarito, ma a che prezzo. Mi sentivo sollevato e angosciato nello stesso tempo. Troppi erano i dubbi e le paure che mi tormentavano. Ora non avevo più scuse per rimandare, ora il mio problema era diventato reale e dovevo affrontarlo fino in fondo. E allora pensavo.

Sarò io? Ecco, vedi, adesso sei disteso sul letto, al buio, con gli occhi chiusi, mica lo sai qual è il tuo corpo, non ti vedi ma ti senti, potresti essere già quell'altro, e invece sei tu, ti senti tu. Lo diceva anche Cartesio cinquecento anni fa: "Penso dunque sono" e tutto il modo di pensare dell'umanità è stato rivoluzionato da quella frase, è cambiato il mondo per quella frase.

Come può non essere vera? Sì che è vera, è senz'altro vera, lo sto provando in questo momento... Penso dunque sono... anche se non mi vedo. Però quando apro gli occhi, quando mi guardo allo specchio, quando mi guardo le mani... le mie mani, le riconosco... Mi riconosco. Dopo saprò riconoscermi ancora? Cartesio rifletteva sulla mente in quanto tale, una mente libera dalle costrizioni di un corpo, non dentro un altro corpo! Cosa mi succederà, come percepirò il mondo? Come percepirò me stesso? E gli altri? Mia moglie... Mia figlia! Avrà un padre di trent'anni più giovane di lei... I miei amici, i miei colleghi di lavoro, come si comporteranno con me?... con lui... Cambierà tutto... Cambierò io di conseguenza... Come potrò guardarmi mentre sarò seppellito?... Non sarò seppellito ovviamente, i funerali si fanno ai morti, invece io vivrò... eh... sì... io.... il mio cervello vivrà, di me resterà soltanto il cervello, basterà a farmi sentire vivo? A farmi sentire me? Secondo la legge degli uomini a quanto pare sì, ma secondo la mia legge interiore? E secondo quella di Dio? Già, Dio... Dimmi, Dio, adesso come la mettiamo? Dove finirà la mia anima, resterà aggrappata al cervello oppure volerà via col mio corpo? Quale dei due conta di più, non sono forse fatti di carne entrambi? Sarò un uomo senz'anima? Oppure, no, ecco! L'anima l'avrò, ma sarò il primo uomo a reincarnarsi da vivo, perché in fondo questo farò, mi reincarnerò! Metterò in crisi tutte le religioni orientali in un colpo solo. Buddismo, Induismo e Taoismo dovranno fare i conti con me. “Il corpo è un tempio dove provvisoriamente alberga un’anima” è la base del loro credo, quindi la mia anima albergherà in questo nuovo corpo, si reincarnerà in esso ma senza essersi disincarnata dal mio! E la sua, l’anima di quel ragazzo, il suo corpo vivrà... Dove finirà la sua anima? Lo abbandonerà? Adesso è ancora lì, insieme a lui. Lui è ancora vivo, nessuno pensa che una persona in coma da un giorno o da dieci anni possa essere senz’anima... ma che differenza c’è tra come è adesso e come sarà domani? Il suo cervello è morto, ma lui è vivo. Anche domani sarà così, ora sono le macchine a mantenere in vita il suo corpo, domani sarà il mio cervello, ma qual è la differenza? Il suo corpo domani vivrà nello stesso modo in cui vive ora, anzi più intensamente, ora la sua anima è con lui, perché domani dovrebbe volare via? E tu, Dio, perché consenti che accada tutto questo? Come puoi startene lassù a osservare senza far niente? Oppure no... «I motivi del suicidio degli androidi ci risultano inspiegabili» ha detto il dottor Spacek... Già... inspiegabili. E se fossi tu la spiegazione? L’anima è cosa tua, il libero arbitrio non riguarda il suo destino. Forse non puoi accettare quest’ultima sfida alla tua onnipotenza: una macchina con l’anima, o che si viva senza. Se fosse così allora mi suiciderò anch’io, prima ancora degli androidi, perché ti creerei molti più problemi di loro. Forse sarei un uomo senz’anima, oppure potrei averne due.

Mi tormentai con questi pensieri per il resto della notte, ora non volevo più evitarli. Riuscii ad addormentarmi poco prima dell'alba. Poi mi addormentai di nuovo, e questa volta per venti ore di fila...

Parte seconda

Per tre giorni mi hanno impedito di guardarmi allo specchio

Per tre giorni mi hanno impedito di guardarmi allo specchio. Il primo, addirittura di guardarmi. Appena sveglio, per un tempo che non saprei definire, non riuscivo neppure a *sentirmi*. Non intendo la mia voce, ma le sensazioni che il corpo mi dava, se me le dava. Mi tenevano sotto l'effetto di uno specifico anestetico che mi permetteva di essere relativamente consapevole di esistere nel tempo e forse anche nello spazio, ma che mi rendeva insensibile agli stimoli interni ed esterni, perfino quelli derivanti dal contatto del corpo con le lenzuola. Diciamo che ero filosoficamente cartesiano... Penso dunque sono, ero una mente che pensava; poi, d'un tratto, che ascoltava anche. L'udito è stato il mio primo approccio col mondo. Ma non è stato l'udito a svegliarmi. Già da un po' fluttuavano nella mia mente pensieri indefiniti che però erano sufficienti a darmi, magari in modo frammentario, una certa consapevolezza di me.

«Signor Costello, mi sente?... Se mi sente faccia cenno di sì con la testa.»

Ho fatto cenno di sì, almeno credo, perché io non ho percepito alcun movimento. L'ho solo comandato.

«Bene. Sono il dottor Thuan, il chirurgo che l'ha operata.»

Il chirurgo che mi ha operato?

L'anestetico non è riuscito a frenare il brivido di angoscia che mi ha percorso la mente, non il corpo, perché quello, l'ho detto, ancora non lo sentivo. In una frazione di secondo, per il solo fatto di aver udito quelle parole, "Il chirurgo che l'ha operata", tutto mi è tornato chiaro. Mi sono ricordato di ogni cosa. Mi sono ricordato innanzitutto perfettamente di me. Quella frazione di secondo è stata il tempo necessario perché il mio cervello operasse l'elaborazione intellettuale più strabiliante e rivoluzionaria che mai fosse stata compiuta da cervello umano: aveva tradotto "Il chirurgo che *l'ha* operata" in "Il chirurgo che *mi* ha operato". Aveva operato me, non lui. Eppure la mia mente ancora non lo percepiva, non percepiva quel corpo, che mi aveva consentito di vivere, non solo di essere e che ora era diventato *mio*.

«Provi a muovere le dita della mano destra, per favore.»

L'ho fatto, o meglio, l'ho comandato.

«Benissimo.»

Ho sentito: «Riducete l'anestetico, facciamo in modo che possa percepire i movimenti».

«Provi ancora a muovere la mano destra.»

L'ho fatto e ho sentito la *mia* mano che si muoveva.

«Ha percepito il movimento della sua mano? Faccia cenno con la testa se l'ha percepito.»

Ho fatto cenno di sì e ho avvertito che la mia testa si stava muovendo.

«Perfetto. Adesso provi a toccarsi col polpastrello del pollice gli altri polpastrelli della mano, lo faccia prima con la destra e poi con la sinistra.»

L'ho fatto.

«Bene, ottimo. Provi a parlare ora, pronunci una qualsiasi parola, la prima che le viene in mente.»

La prima parola che mi è venuta in mente è stata "sale", ho detto sale, ho sentito una voce che pronunciava la parola sale, non l'ho riconosciuta.

«La può ripetere tre volte?»

«Sale sale sale.»

«Riconosce la sua voce?»

«No» ho detto.

«Può essere più preciso?»

«È come se fossi doppiato, la voce che sento non è la mia.»

«Che sensazione le procura questo fatto?»

«Disagio.»

«È normale, non si preoccupi, tra pochissimo andrà meglio, dipende dall'anestetico. Mi dica come si chiama e quanti anni ha.»

«Mi chiamo David Costello e ho ottant'anni.»

«Sa dove si trova?»

«Sì» ho detto, «sono in ospedale.»
«Sa perché e cosa le è successo?»
«Sì» ho detto, «ricordo tutto.»
«Mi dica cosa ricorda, perché è qui.»
«Ho subìto un trapianto di cervello... o forse dovrei dire di corpo?»
«Non importa, ho già capito quel che mi interessava. Per adesso basta così. Mi dica solo se continua a non riconoscere la sua voce.»
«Be', ora la percezione sta cambiando.»
«In che modo?»
«Ora la riconosco, cioè, sento che non è la mia voce, o meglio che non ha il suono della mia voce, ma comincio a capire di essere io a parlare, mi "sento" articolare le parole. È un po' come quando, magari per una raucedine improvvisa, la voce cambia... la si sente diversa, non so se riesco a spiegarmi.»
«Certo, si è spiegato benissimo. Prova sempre quella sensazione di disagio?»
«Mi ci faccia pensare... Direi di no.»
«Perfetto. Adesso la lascio tranquillo.»
«Mia moglie?»
«È qui fuori.»
«Posso parlarle?»
«Non subito, più tardi forse, forse domani. Adesso lentamente la metteremo in grado di percepire il suo corpo, è la cosa più importante.»
«Perché non ci vedo? Eppure ho gli occhi aperti.»
«Ha una benda sugli occhi.»

«Perché, pensate che la luce mi possa dare fastidio?»

«No, non è questo, ma come le ho detto, prima vogliamo che lei sia perfettamente consapevole di sé e del suo corpo, il senso della vista potrebbe distrarla dagli altri, comunque non ci vorrà molto, adesso iniziamo a ridurre lentamente l'anestetico, perché dipende da quello, vedrà che a poco a poco avvertirà tutte le sensazioni... il tatto, il caldo, il freddo. Dobbiamo andare per gradi. Lei stia solo attento a quello che prova, alle sensazioni che il suo corpo le invia, voglio dire.»

La prima sensazione che ho percepito è stato il torpore, poi la sete, ed è forse per questo che la prima parola che ho detto è stata sale. Poi, ancora: il tatto, ma solo se ci facevo caso. Sentivo le mie mani, le mie gambe, il mio corpo disteso sul letto e coperto da un lenzuolo. Ho sentito il mio corpo. Lo sentivo mio, su questo non c'è dubbio. Non so per quanto tempo mi hanno lasciato da solo, sempre che fossi solo. Sentivo un po' freddo.

«Sono di nuovo io, il dottor Thuan. Come va, incomincia a provare sensazioni?»

«Sì, direi di sì.»

«Me le descriva.»

Gliele ho descritte: la sete, il tatto... Gli ho detto che sentivo un po' freddo. Ho chiesto da bere.

«No, per adesso è meglio di no, comunque è idratato per via endovenosa. Riducete ancora leggermente l'anestetico.»

Mi è sembrato che qualcuno trafficasse con un apparecchio.

«Come si sente ora?»

«Mi sento, le basta?»

Ho sentito che il dottore sorrideva, solo uno sbuffo leggero, ma sapevo che aveva sorriso, ho avvertito anche la presenza di altre persone.

«Ha ragione, le ho fatto una domanda stupida... E questo suo sentirsi è un sentirsi bene o male?»

«Non male, neppure bene però.»

«Ho capito. Consideri che ha subìto una lunga operazione.»

«Non si direbbe» ho detto accennando un lieve sorriso.

«Bene, mi pare che abbia mantenuto il suo sarcasmo. Sono contento. Ora la pungerò in più punti con uno spillo, mi dica dove e se sente male.»

«Ahi!, sulla gamba destra.»

«Farò più piano, scusi.»

«Mano sinistra... Piede destro... Torace... Ahi... Punta del naso.»

Per un po' ha continuato a punzecchiarmi.

«Adesso la lasciamo riposare.»

«Che ore sono?»

«Le undici di mattina del 12... il mese me lo dica lei.»

«Se l'operazione non è durata un mese, immagino che sia febbraio... È il 12 febbraio, giusto?»

«Esatto. Ora cerchi di riposare.»

«Non sono abituato a dormire di mattina, magari era abituato il ragazzo, sa come siamo fatti noi giovani, fino a mezzogiorno non riusciamo ad alzarci dal letto.»

«Infatti» ha detto Thuan sorridendo. «In ogni caso le diamo qualcosa. In questo momento è necessario che dorma il più possibile.»

Sono sprofondato in un sonno senza sogni, fino a sera, e se non mi avessero svegliato avrei dormito ancora.

«Signor Costello, si svegli»

«Signor Costello, si svegli.» Mi sono sentito toccare. Non so da quanto tempo lo stessero facendo. Mi sono svegliato. Dopo qualche secondo ero pienamente cosciente.

«Tutto bene?»

«Sì» ho detto.

«Ha sognato?»

«No, non mi pare. Non ricordo, almeno.»

«Adesso le tolgo la benda dagli occhi. Se li ha aperti, li chiuda.»

«Li sto già tenendo chiusi» ho detto.

«Alzi un po' la testa, per favore, le devo sfilare la benda.»

Ho alzato la testa.

Il buio assoluto nel quale ero immerso si è fatto più chiaro.

«Ecco, ora, lentamente, può aprirli.»

Li ho aperti. Lentamente.

«Mi vede?»

«Un po' sfocato.»
«Le metto un collirio, li tenga bene aperti.»
Ho sentito le gocce che mi bagnavano gli occhi e anche un po' le palpebre.
Dopo qualche secondo la mia visione si è fatta nitida. Intorno a me c'erano cinque persone, una era il professor Thuan, col quale avevo scambiato qualche parola poco prima di entrare in sala operatoria; vicino a lui, più indietro, c'erano il dottor Spacek e la psicologa che avevo conosciuto durante le visite all'ambulatorio, quella che mi aveva sottoposto all'interrogatorio "clinico", la dottoressa Gauss. Gli altri due, due uomini, infermieri probabilmente, non li avevo mai visti.
«Mi vede adesso?» ha chiesto Thuan accennando un saluto con la mano.
«Sì.»
«La sua visione è nitida?»
«Ora sì.»
«Muova gli occhi da una parte e dall'altra ma cerchi di tenere ferma la testa.»
L'ho fatto.
«Perfetto.»
Mi ha puntato una luce sugli occhi, prima su uno poi sull'altro.
«Bene. Adesso si guardi le mani, le porti verso di sé e le osservi.»
Appena le ho viste, ho provato di nuovo un senso di disagio e insieme di sorpresa. Le ho avvicinate istin-

tivamente, senza pensare a quello che stavo facendo, e la sorpresa è stata quella di scoprire delle mani che non mi aspettavo, non quelle che da ottant'anni ero abituato a vedere. Il disagio invece me l'ha procurato la sensazione che fossero staccate dal corpo, come se appartenessero ad altre braccia. Difficile da spiegare.

Quando ci ho provato, Thuan mi ha chiesto di concentrarmi. Di descrivere tutto quello che mi suscitava osservarle.

«È come se una persona mi abbracciasse da dietro facendo muovere le sue mani davanti a me, mi ricorda un gioco che facevo con mio padre, quando ero bambino: lui si accucciava dietro di me e facevamo l'uomo con quattro braccia... A quel tempo mi divertivo, adesso un po' meno.»

«Provi a muoverle, a sfregarle una con l'altra, a toccarsi il viso, il corpo, la testa.»

L'ho fatto.

«Allora?»

«Allora niente, non ho niente da dirle, sento che mi sto toccando.»

«Nient'altro?»

«Ho la testa fasciata» ho detto, «ma sotto non sento capelli, non è che per caso avete cambiato donatore e mi avete trapiantato il corpo di un calvo?»

Thuan ha sorriso. «Era necessario per l'operazione» ha detto, «glieli abbiamo tagliati a zero.»

Mi è venuto da pensare: a chi, a me o a lui?

«In ogni caso tra uno o due giorni le toglieremo la

fasciatura. Si riguardi le mani, per favore. Prova sempre quella sensazione di prima?»

«Sì, ma forse un po' meno, magari è stata la sorpresa di vederle per la prima volta.»

«Penso anch'io.»

«Quando le tocca una con l'altra come le sente?»

«In che senso, scusi?»

«Calde fredde ruvide lisce?»

«Piuttosto fredde, direi, e lisce come quando avevo vent'anni.»

«Be', in un certo senso lei *ha* vent'anni, dottor Costello.»

"Dottor" Costello! Mi è venuto da pensare: sarò fresco di laurea!

«Ora ci alziamo» ha detto Thuan, «ci mettiamo seduti sul letto. Aiutatelo, per favore.»

I due infermieri si sono avvicinati e mi hanno aiutato. Mi sono seduto lasciando scivolare le gambe fuori dal letto. Ha iniziato a girarmi la testa.

«Come va?»

«Mi gira un po' la testa.»

«È normale, è stato disteso per quasi due giorni, le passerà.»

«Posso avere dell'acqua ora, ho una gran sete?»

«Sì, certo. Ora sì, ma beva a piccoli sorsi.»

Un infermiere mi ha dato un bicchiere d'acqua. Ho appoggiato le labbra al bordo, ho sentito il liquido che mi bagnava la bocca, e poi scendeva in gola. Mi ha fatto piacere, questo è il ricordo più vivido, la prima sensazione di piacere che ho provato. La sete si è calmata.

«Ora le muovo le braccia, non opponga resistenza.»

L'ho fatto, non ho opposto resistenza.

Poi mi ha toccato sotto le ascelle, l'inguine, il collo. Mi ha strisciato una matita o non so cosa sulla pianta del piede. Mi ha fatto la prova del martelletto sul ginocchio. La mia gamba è scattata su per i fatti suoi. Mi è venuto da ridere. Conoscevo quella tecnica, mi era già capitato che qualche medico durante una visita la usasse per verificare i riflessi, sapevo che era un movimento automatico, ma ho riso perché ho pensato che fosse *lui* a muovere la gamba, senza che io lo volessi.

«Le gira sempre la testa?»

«Non più.»

«Ora la spingerò cercando di spostarla, questa volta cerchi di fare resistenza.»

Thuan mi dava dei colpetti sulle spalle e io lo respingevo, quasi non mi muovevo.

«Bene. Adesso scenda, si metta in piedi, ma resti appoggiato al bordo del letto.»

Sono sceso, mi sono alzato appoggiandomi appena al bordo del letto, come mi aveva detto Thuan, sentivo che avrei potuto stare dritto anche senza appoggiarmi.

«Tutto bene, le gira la testa?»

«No.»

«Percepisce di avere un buon equilibrio?»

«Sì, direi proprio di sì.»

«Bene, allora adesso si stacchi e resti in piedi fermo.»

Ero in piedi, fermo.

«Ottimo, ora dondoli un po', poi alzi prima una gamba e poi l'altra, cerchi sempre di mantenere l'equilibrio.»

L'ho fatto, perfettamente.

«Direi che ora possiamo provare a camminare. Sostenetelo, per favore.»

I due infermieri mi hanno sostenuto. Il mio cervello ha comandato il primo passo e l'ho fatto. Poi tutti gli altri, istintivamente. Così, come sempre. Alzavo solo un po' troppo le gambe, sembravo una gallina... Il professor Thuan ha fatto un cenno ai due infermieri che mi hanno lasciato, sempre standomi vicino, attenti. Ho mosso qualche passo da solo. Ho perso per una frazione di secondo l'equilibrio. Un infermiere mi ha subito sorretto. Mi sono raddrizzato. Il tizio mi ha di nuovo lasciato, ho ripreso a camminare, meglio, sempre meglio.

Camminavo. Io camminavo, o forse era davvero lui a camminare, perché quello non era il mio passo. Sentivo che stavo muovendomi in un modo che non era il mio. Mi sentivo un po' impacciato. L'ho detto a Thuan. Mi ha detto un'altra volta: «Normale, si abituerà, tra qualche giorno non ci farà più caso».

Ho pensato che non lo poteva sapere, ho pensato che avrei camminato per tutta la vita così, sentendomi impacciato, estraneo al mio stesso movimento.

Ho camminato un po' per la stanza, cercavo con gli occhi uno specchio. Non ce n'erano. Allora l'ho chiesto.

«Posso guardarmi in uno specchio?»

«No, è ancora presto» mi ha detto Thuan. «Domani forse.»

«Posso vedere mia moglie?»

«Certo, ma adesso torni a letto, per oggi va bene così.»

«È tutto a posto?» ho chiesto.

«Direi che meglio non poteva andare. Ha dolori?»

«No, solo un po' di indolenzimento generale.»

«Ha fame?»

«No, per niente.»

«Domani dovrà iniziare a mangiare qualcosa, fino a ora è stato nutrito per via endovenosa, ma dobbiamo riabituare lo stomaco a esercitare i suoi normali processi digestivi.»

Ho annuito.

«Ora faremo entrare sua moglie. Solo per qualche minuto e non vi lasceremo soli. Staremo qui con voi, non vorremmo che si emozionasse troppo.»

«Chi, io o mia moglie?»

Thuan ha sorriso un'altra volta.

«Abbiamo visto giusto a scegliere lei» ha detto. Poi si è girato verso un infermiere e ha detto ancora:

«Andate a chiamare la signora».

Ho avuto un tuffo al cuore, un colpo violento che ne ha aumentato vertiginosamente il battito. Sicuramente la *mia* aorta era stata ricostruita perfettamente, perché altrimenti sarebbe esplosa.

Ero già entrata nella sua stanza mentre dormiva

Ero già entrata nella sua stanza mentre dormiva. Lo guardavo, ma non riuscivo a rendermi conto che fosse davvero lui. Vedevo un ragazzo dormire. Mi dicevo: quello che hai di fronte è David, però intanto davanti a me c'era solo un ragazzo che dormiva, un estraneo.

Questo era quanto avevo detto anche alla dottoressa Gauss che mi aveva accompagnato da David.

«È comprensibile» mi aveva risposto lei. «Abbiamo voluto che lo vedesse la prima volta adesso, mentre dorme, proprio perché il primo contatto non fosse traumatico. Quando si sveglierà, quando potrà parlare con lui, sarà diverso, anche troppo agli inizi, temo. Per questo motivo vogliamo che lei stia un po' qui. Incominci ad abituarsi all'idea che la persona sdraiata sul letto è David.»

«Ma lo so che è lui! Il fatto è...»

«Capisco benissimo quello che vuole dire. Perché non prova ad accarezzarlo... a toccarlo...»

«E se si sveglia?»

«Non si sveglierà, gli abbiamo dato un sedativo, adesso vi lascio soli per qualche minuto.»

È uscita dalla stanza, siamo rimasti soli.

Mi sono avvicinata a... David, l'ho accarezzato, con la punta dell'indice gli ho sfiorato il profilo, poi mi sono chinata e l'ho baciato. Un bacio lieve sulle labbra. Mi sono seduta accanto a lui e gli ho preso la mano, una mano che non avevo mai toccato. Piangevo. Sentivo una sottile riga di lacrime bagnarmi le guance. Gli ho parlato, gli ho sussurrato cose di noi, di me, di nostra figlia, gli ho detto che l'amavo. Ma non mi pareva di dire queste cose a David. Stavo male, provavo un disagio che non avevo preventivato. Ero disorientata. Sono uscita da quella stanza cercando di convincermi di essere stata con David, ma per quanto mi sforzassi non ci riuscivo. Tremavo, mi sono messa a piangere. Singhiozzavo, ora. Pensavo, passerà, quando potrò parlare con lui andrà meglio, lo riconoscerò, ma intanto piangevo.

Ero seduta in sala d'aspetto quando la dottoressa Gauss mi è venuta a chiamare per la seconda volta, sei ore dopo.

«Venga, signora, ora può vedere suo marito, è sveglio.»

«Come sta?»

«Bene, stia tranquilla. Mi raccomando, è un momento delicato, sia per lei che per suo marito, cerchi di mantenere il più possibile il controllo, di dominare le emozioni, e soprattutto si sforzi di riconoscerlo, piuttosto finga, ma è indispensabile che suo marito ora non sia sottoposto a ulteriori traumi.»

Ho annuito.

«Ma lui come sta?» ho chiesto ancora mentre ci avviavamo verso la sua camera.

«Direi che tutto sta procedendo nel migliore dei modi, suo marito è già in piedi, ha camminato un po' per la stanza, non presenta particolari problemi né fisici né psicologici. Almeno, non presenta problemi che non rientrino tra quelli previsti.»

«Posso abbracciarlo?»

«Certo, le chiedo solo di non lasciarsi andare ad atteggiamenti che potrebbero turbarlo, ma io so che lei è una persona forte, e anche suo marito lo è. Andrà tutto bene.»

Appena sono entrata nella stanza e l'ho visto, sono restata per un attimo senza fiato, poi sono riuscita a pronunciare il suo nome.

«David.»

Lui era di spalle accanto al letto, parlava con un infermiere.

Si è girato, lentamente, mi ha sorriso, ha detto: «Ellen». Ora lo vedevo bene. Era un ragazzo bellissimo. Un ragazzo bellissimo, appunto, non David.

Sono corsa verso di lui, l'ho abbracciato. Lui mi ha stretto forte. Ma ci siamo staccati quasi subito, i nostri corpi erano troppo rigidi, troppo contratti per un abbraccio vero, per un abbraccio dei nostri. Perché se c'era una cosa che io e David *sapevamo fare* era abbracciarci. Lo facevamo con naturalezza, trasporto, complicità. Il nostro modo di abbracciarci era *unico*. Spesso ci addormentavamo abbracciati, e non è facile farlo se non ti sai abbracciare, se non lo fai con intimità. Quella intimità adesso non c'era, almeno da parte mia, ma sentivo che anche per lui era la stessa cosa.

«Come stai?» gli ho chiesto, allontanandomi un po' e costringendomi a guardarlo negli occhi.

Lui ha allargato le braccia, ha abbassato la testa, come per esaminare il suo corpo, poi l'ha alzata, mi ha di nuovo guardato, mi ha sorriso e ha detto:

«Non vedi come sto? Non so perché, ma mi sento ringiovanito, sono ingrassato di trenta chili in un giorno, certe diete fanno miracoli».

La voce non era la sua, il movimento che ha fatto per allargare le braccia e guardarsi non era il suo, ma ha detto quello che avrebbe detto lui. Da sempre, di fronte a qualsiasi problema, David cercava di sdrammatizzarlo con l'ironia. Anche il modo in cui mi guardava era simile al suo. Sforzandomi un po' riuscivo a immaginare che dietro quello sguardo potesse esserci David, ma ero confusa, impaurita, distratta da tutto il resto.

«Tu come stai?» ha detto facendosi serio.

«Bene bene, io sto bene» ho risposto, ma non era vero. Ero turbata, mi batteva forte il cuore.

«Jenny l'hai sentita?»
«Sì, voleva venire a tutti i costi.»
«Le hai detto di no, che per adesso non voglio che venga?»
«Sì, le ho detto che per qualche giorno non vogliono neppure i medici, che se anche fosse venuta non avrebbero lasciato che ti vedesse, solo allora si è calmata... Verrà la prossima settimana...»
«Zak come sta?»
«È un po' mogio ma sta bene... ti aspetta, mangia meno, però sta bene, davvero, non ti preoccupare. Ma tu? tu come stai?... ti ci ritrovi?»
Forse non era la cosa più adatta da dire, non so, ma questo mi è venuto.
«Mah» ha detto lui, «tu mi ritrovi?»
«Sì sì, sei sempre tu, mi guardi sempre nello stesso modo, va tutto bene, David.»
Mentivo, non andava bene per niente, mi aggrappavo all'unica cosa che avevo riconosciuto di lui, quel modo di guardarmi, ma sentivo che non mi bastava per riconoscerlo davvero, non in quel momento, almeno. Troppi particolari mi distoglievano da quello sguardo. I miei occhi scrutavano il suo viso, le sue mani, il suo corpo, scrutavano i suoi occhi, così diversi da quelli di David.
«E tu, come mi vedi?» ho detto.
«Ti vedo come sei, l'operazione mica l'hanno fatta a te.»
«Dài, su, non fare lo stupido, sei sempre il solito.»

L'ho detto istintivamente, *sei sempre il solito*, abbiamo sorriso, la tensione si è un po' allentata.

Lui si è seduto sul letto. Mi ha raccontato come si sentiva, come percepiva il mondo e se stesso, ogni tanto guardava il professor Thuan, che annuiva soddisfatto. Ci tenevamo per mano, ma la mia mano non riusciva ad abbandonarsi alla sua.

«Per oggi basta così» ha detto dopo qualche minuto la dottoressa Gauss, «vi vedrete domani, potrete stare insieme più tempo, da soli.»

L'ho salutato, abbracciandolo di nuovo, e di nuovo quell'abbraccio mi ha creato imbarazzo.

Sono tornata a casa, turbata, agitata, spaventata. Provavo un senso di spaesamento che potrei definire schizofrenico, c'era una parte di me, quella razionale che si convinceva di riconoscerlo, l'altra, quella emotiva che lo rifiutava, o forse era il contrario, forse era la parte razionale che non lo riconosceva, mentre quella emotiva sì, invece. Non capivo, ho sperato che fosse così, perché, se lo avessi riconosciuto col cuore, tutto il resto poi sarebbe venuto da solo, ne ero certa. E se invece fossero state entrambe a non riconoscerlo? Temevo d'essere *io* a non riconoscerlo, d'essere destinata a non riconoscerlo mai più. Forse aveva ragione David, pensavo, forse non abbiamo riflettuto abbastanza sulle conseguenze di questa cosa tremenda che ci è capitata, sulle prove durissime che avremmo dovuto affrontare. Intendiamoci, non erano le prove a spaventarmi, mi spaventava l'idea di non riuscire a superarle, che non potessero essere superate, da nessuno, che tutto questo fosse molto più grande di noi, del nostro amore, perfino. Mi consolavo pensando che non mi pentivo della nostra scelta, comunque fossero andate le cose, l'alternativa era perderlo in ogni caso. Non ho mangiato, sono andata subito a letto. Ero stanca. Non dormivo da trentasei ore di fila, eppure non riuscivo a chiudere occhio, continuavo a pensare, a girarmi e a rigirarmi nel letto. Alla fine mi sono addormentata, ho fatto sogni stranissimi, agitati, ricchi di colori vividi e di echi inquietanti. Ero soffocata da un senso di oppressione costante. Fino a quando non ho sognato David, l'altro, non questo. Ma è stato soltanto il sollievo di un attimo.

Appena mia moglie è uscita dalla stanza

Appena mia moglie è uscita dalla stanza, il dottor Thuan mi ha chiesto come va?

«Bene, direi, anche se...» Mi sono interrotto cercando di riflettere su quanto era accaduto, prima mi ero fatto trascinare dalle emozioni.

«Anche se?»

«Non lo so. Ho bisogno di tempo per capire.»

«Mi rendo conto. Ne riparleremo un'altra volta. Adesso la faremo dormire ancora un po', è sera, deve riposarsi, riprendere il suo normale ciclo sonno-veglia.»

«Non mi pareva di abbracciare lei» ho detto istintivamente, quasi riflettendo ad alta voce.

Il dottore, che stava già per salutarmi, si è bloccato, anche la Gauss ha drizzato le orecchie.

«Cioè, si spieghi meglio» ha detto Thuan.

«Non lo so, ma io non l'ho mai abbracciata così: ero rigido, ci ho messo poca forza eppure al tempo stesso di più... non so, non lo so, mi dispiace ma non riesco a spiegare... la sentivo diversa, voglio dire... il contatto col suo corpo mi dava sensazioni diverse dalle solite, anche se lo slancio era lo stesso. Per questo dico che ci ho messo poca forza ma al tempo stesso di più. Non era lei che mi pareva di abbracciare, anzi no, non mi pareva di essere io ad abbracciarla...»

«Ma *era* lei ad abbracciarla!»

«Lo so lo so, non mi fraintenda, ero io, di questo sono stato sempre consapevole, dentro ero io, ma fuori no, non lo ero nel modo di toccarla, di sentire il contatto con la sua pelle, e poi avvertivo che anche lei era tesa, mi guardava in un modo strano, non mi ha mai guardato così... fingeva... capivo che non riusciva a superare questa barriera che c'era tra noi.»

«Quale barriera?» è intervenuta nel dialogo la dottoressa Gauss.

Ho sorriso, ma è stato un sorriso triste questa volta, per niente ironico, e poi ho detto: «Il mio corpo».

«Dottor Costello» ha aggiunto la Gauss, «questa è una cosa su cui dovremo lavorare parecchio. Ovviamente gli altri, e mi riferisco a tutti quelli che la conoscono, non la guarderanno più allo stesso modo, saranno sorpresi, impauriti, spaesati nel rapportarsi con lei, per abituarsi avranno bisogno di tempo, forse qualcuno non ci riuscirà mai. Anche sua moglie ha bisogno di tempo, ma sono convinta che alla fine ci riuscirete, che le persone che veramente contano per lei la riconosceranno fino in fondo.»

Ho fatto una smorfia, di rassegnazione, di speranza, di paura, non so.

Mi hanno lasciato solo. Un sonno invincibile ha preso il sopravvento su di me, su questa mia mente che cercava di difendersi da tutto quello che le stava capitando.

Di nuovo ho dormito un sonno senza sogni, o meglio, non ricordo di aver sognato, però mi ricordo di *essermi sognato*, solo un frammento, non so dov'ero con chi ero cosa facevo, so solo che ero io, e lo so perché sapevo di essere io: avevo la mia solita faccia.

Quando mi sono guardato per la prima volta allo specchio

Quando mi sono guardato per la prima volta allo specchio, mi sono istintivamente girato per cercarmi, come se dietro quell'immagine dovessi esserci io nascosto da qualche parte. Poi mi sono guardato di nuovo, con più calma, e mi sono riconosciuto. L'immagine che vedevo riflessa mi era completamente estranea eppure sentivo di essere io.

Ma specchiarmi è stata l'ultima cosa che ho fatto quel giorno. La prima, appena mi hanno svegliato, è stata quella di andare in bagno, a pisciare. Fino ad allora non ci avevo ancora pensato, ma vedere per la prima volta il mio... il suo... non so che dire... è stata un'esperienza che potrei definire paradossale. Trovarsene un altro tra le mani non è cosa che capiti spesso, soprattutto se non sei omosessuale. In ogni caso, devo ammettere che, a osservarlo così, dall'alto, non mi ha fatto una brutta impressione: chissà, forse avrebbe potuto riservarmi piacevoli sorprese.

Quando sono uscito dal bagno, erano tutti lì ad aspettarmi. La Gauss, Thuan e Spacek.

«Tutto bene, tranquilli, spero non mi vorrà fare domande sull'argomento» ho detto rivolgendomi alla Gauss.

«No» ha risposto lei sorridendo appena, «semmai, se ci saranno problemi, ne parleremo.»

«Speriamo che non ci siano» ho detto, «e comunque si fidi, questo sarà l'ultimo dei miei problemi.»

Stavo bene, fisicamente intendo dire, incominciavo a sentirmi bene. Le nausee, i dolori alle ossa, allo stomaco, quelli che mi avevano tormentato negli ultimi mesi, erano del tutto scomparsi. Quel leggero indolenzimento del primo giorno non c'era più. La mia voce continuava a risultarmi estranea, ma iniziavo ad abituarmi, come alle sensazioni che il mio corpo mi dava, del resto. L'ho detto ai medici. Avevo fame.

«Ho fame» ho detto.

Mi hanno portato da mangiare. Tè coi biscotti. Né il tè né i biscotti avevano il sapore abituale, non erano né più buoni né più cattivi, ma il gusto era lievemente diverso da quello che ricordavo. Così per il riso, per la carne, che ho mangiato più volentieri di prima. Non dico che prima fossi vegetariano, però non ero il tipo da grandi bistecche. Invece ero, non prima, adesso, inaspettatamente allergico al lattosio, in particolare al latte, che il *vecchio* David annoverava tra le sue bevande preferite, mentre ora non mi piaceva, anzi, l'unica volta che l'ho bevuto mi sono venuti i crampi allo stomaco.

«Anche il ragazzo era allergico al latte?» ho chiesto alla Gauss.

«No, almeno non ci risulta, quindi non credo» mi ha detto lei, anche piuttosto seria, pareva che questo fatto la preoccupasse.

«Ma sa, è la prima volta che io bevo il latte, cioè che lui beve il latte con me... poi magari ci abituiamo.» Non mi ha risposto, non ha apprezzato il mio fine umorismo.

Ho passato la giornata facendo un numero incredibile di analisi. Si è avvicendata, per così dire al mio capezzale, una serie interminabile di dottori che non avevo mai visto, e ognuno si interessava a una parte del mio corpo. Mi hanno fatto prelievi, prove posturali di ogni tipo, mi hanno visitato dovunque. Mi hanno chiesto di camminare con gli occhi chiusi, poi con uno aperto e uno chiuso, avanti indietro di lato. Camminavo meglio, ma sempre alzando un po' troppo i piedi. Mi hanno osservato mentre salivo e scendevo le scale. Hanno provato la mia forza muscolare.

Ho rivisto Ellen. Questa volta siamo riusciti a stare un po' più tempo da soli. Abbiamo parlato, sembrava tutto normale ma non lo era, eppure mi dicevo... è normale.

Verso sera, mi hanno portato per un esame in una stanza adiacente dove c'era uno strano macchinario: sono restato dieci minuti disteso mentre un raggio azzurro mi scandagliava. Quando mi hanno riaccompagnato in camera ho trovato ad aspettarmi i magnifici tre: Thuan, la Gauss e Spacek.

Li ho salutati, mi hanno salutato.

Thuan ha chiesto:

«Vuole guardarsi allo specchio?».

Ho annuito.

«Venga» ha allungato un braccio, «si sieda sul letto, prima le tolgo la fasciatura dalla testa.»

Lentamente me l'ha sfilata. Con una pinzetta ha preso una garza e l'ha immersa in un liquido incolore, me l'ha passata sulla fronte e poi per tutta la circonferenza della testa.

«Tutto a posto» ha commentato con soddisfazione, «non ha più bisogno della fasciatura, vada pure in bagno a specchiarsi.»

«Nel bagno non c'è lo specchio» gli ho fatto notare.

L'avevo cercato inutilmente prima, ma avevo pensato che fosse stato rimosso perché tutto nel bagno e nella mia stanza era fatto in modo che nulla riflettesse.

«Ora c'è» ha replicato Thuan.

Sono entrato in bagno, Thuan si è avvicinato, ma stava di lato come per evitare che anche la sua immagine venisse riflessa insieme alla mia.

Ho visto lo specchio, e nello stesso tempo la mia immagine riflessa. Il viso del ragazzo lo conoscevo già, l'avevo osservato bene prima dell'intervento, quando mi era stato inviato il suo ologramma, ma adesso era tutta un'altra cosa, adesso ero io, prima era soltanto il volto di un ragazzo che dormiva. Ero giovane, bello, nonostante la testa rasata, gli occhi neri, dal taglio vagamente orientale, il naso regolare, le mascelle solide, una bella pelle, come è bella la pelle di un ventenne, un bel corpo, con buoni pettorali e la pancia tesa, ma per fortuna non ero un palestrato, non l'avrei potuto sopportare, avrei smesso immediatamente di allenarmi. E poi avevo un tatuaggio sulla spalla destra, una nota musicale, un Do: l'ho osservato a lungo, era ben fatto, mi piaceva. Mi sono accorto di avere una sottile cicatrice che mi attraversava la fronte, all'altezza dell'attaccatura dei capelli. L'ho toccata, l'ho sfregata con la punta delle dita. Era ancora un po' umida per via del liquido che Thuan le aveva passato sopra qualche minuto prima, ma non ho avvertito nessuna differenza al tatto con il resto della pelle.

«È solo il segno dell'incisione, tra qualche settimana sparirà» mi ha rassicurato il professor Thuan, notando il mio gesto.

Non gli ho risposto, ho continuato a osservarmi. Mi sono toccato il viso, le guance appena indurite dalla barba che stava crescendo, molto più tenera della mia, molto più nera.

«Se crede può rasarsi, ora» ha detto ancora Thuan.

Non gli ho risposto, ho fatto un passo indietro. Ho considerato la mia altezza, ero più alto di quanto mi aspettassi. Poi mi sono di nuovo avvicinato. Cosa provavo? Curiosità, stupore, perplessità, disagio, emozioni che non so definire, ma sapevo di essere io a sperimentarle. Quello che sentivo non era molto diverso da ciò che si prova quando ci si guarda allo specchio con una maschera addosso: non si perde la percezione di sé. Anche se per me era tutto più complicato perché sapevo che quella maschera non me la sarei potuta togliere mai più. Quella maschera ero io.

David Costello restò ricoverato in ospedale

David Costello restò ricoverato in ospedale per quaranta giorni. Dal punto di vista del decorso postoperatorio, neurofisiologico e più in generale organico, avrebbe potuto essere dimesso prima, all'incirca dopo un mese. Ma era l'aspetto psicologico che richiedeva maggior prudenza. Soprattutto per il problema non trascurabile del rischio di suicidio. Anche se gli stessi sanitari consideravano l'ipotesi piuttosto remota, ed erano realmente convinti che il suicidio degli androidi fosse dovuto all'incapacità insondabile del cervello umano di adattarsi a un corpo meccanico, non potevano escluderla a priori. Decisero di dimetterlo solo quando, dopo accurati test e approfonditi colloqui clinici, stabilirono che non c'era più alcun ragionevole dubbio che David potesse manifestare né allora né in seguito idee suicide, se non derivanti da situazioni imprevedibili e in ogni caso non attribuibili all'intervento in sé o alle sue conseguenze dirette. In altri termini conclusero che David poteva sviluppare intenzioni suicide quanto ogni altro individuo che non presentasse alcuna patologia di tipo depressivo. Almeno questo fu quello che, in buona sostanza, scrisse la dottoressa Gauss nella sua asettica relazione conclusiva, compilata con l'ausilio dell'intera équipe neuropsichiatrica.

Sul piano neurologico, come dalla comparazione degli esami clinici (vedi allegati K1 *e* B2*), il substrato fisiologico dell'emotività a livello del sistema nervoso centrale e dell'interazione neuro-ormonale non si discosta da quello registrato nel soggetto prima dell'intervento. Tutte le reazioni emotive con le risposte vegetative associate e le sequenze comportamentali derivate rientrano nella norma, così come la percezione degli stimoli che sembrano attivare in modo pressoché identico il sistema limbico (vedi allegati* G3 *e* S4*), il quale a sua volta provoca cambiamenti somatici e comportamentali relativi ma in linea con le aspettative. Il paziente appare ben orientato nel tempo e nello spazio (le difficoltà deambulatorie si sono risolte). Sul piano strettamente psicologico il paziente pare essersi perfettamente adattato alla nuova percezione degli stimoli propriocettivi ed esterocettivi. Permangono le discrepanze già accertate e analizzate nelle precedenti relazioni cliniche: lieve alterazione della sensibilità tattile, visione dei colori leggermente modificata – come riferisce il soggetto: "più vivida e con qualche minima differenza percettiva* *del blu, del verde e del giallo rispetto a quella che avevo prima" – lievi alterazioni nel gusto (la più significativa è il maggior apprezzamento del soggetto per la carne). Parallelamente alle alterazioni del gusto si sono manifestate alcune reazioni allergiche (in particolare al latte che non ci risulta fosse presente nel donatore) e alcune disosmie caratterizzate dalla diminuita soglia percettiva di alcuni odori (in via di risoluzione). Per quanto riguarda le percezioni corporee più generali, i mutamenti caratteriali, l'adattamento psiche-soma e le difficoltà interpersonali rilevate nel rapporto con la moglie (peraltro più evidenti nella moglie), si confermano quelle già descritte e analizzate nelle precedenti relazioni. Tuttavia, pur non avendo ovviamente la possibilità di fare riferimento a casi precedenti, ci sentiamo di poter affermare che il tutto rientra in un quadro psicologico generale in linea con i processi adattivi dell'encefalo del soggetto al nuovo corpo. In ogni caso, le problematiche segnalate, col passare del tempo, sembrano tendere a una normalizzazione o comunque a non essere percepite dal paziente – molto orientato su se stesso e sulla scoperta di quella che potrebbe essere definita una "nuova identità psicosomatica" – come fonte di disagio psicologico. Va altresì segnalato che, rispetto ai primi giorni, pare vi sia nel paziente un maggiore interesse verso il vissuto e la storia del donatore, che tuttavia potrebbe rientrare in senso più generale in quella che è stata appena definita "scoperta di una nuova identità psicosomatica". Come già riferito (vedi relazione nu-*

mero S36 e successive) tale interesse ha incominciato a manifestarsi intorno al quindicesimo giorno postoperatorio e permane tutt'ora e in modo relativamente più marcato. Ma riteniamo che il suddetto atteggiamento – tra l'altro abbastanza comune nei pazienti trapiantati – non desti particolari preoccupazioni.

Le abilità psicomotorie acquisite sono state mantenute (allegato PS1 e file video allegati con le registrazioni delle comparazioni di prima e dopo l'intervento) anche se, almeno rispetto a quelle che abbiamo potuto verificare, il paziente ha avuto necessità di un breve-medio periodo di riadattamento; viceversa, come era prevedibile, il paziente non ha acquisito abilità psicomotorie del donatore.

Le attitudini intellettive, mnemoniche e più in generale cognitive restano ottime. I test a cui è stato sottoposto dopo l'intervento hanno fornito risultati incoraggianti (migliori dei precedenti eseguiti in fase preoperatoria) e in qualche caso (il test di Brandford in particolare, vedi allegato L5) stupefacenti. Sul piano psicologico il soggetto è da ritenersi a tutti gli effetti pienamente nella norma: tale affermazione è supportata oltre che dai colloqui psicodinamici, anche dagli esiti dei test clinici che gli sono stati somministrati a scadenza settimanale per tutto il periodo del ricovero. Gli ultimi, nella giornata di ieri (vedi allegati B6 C7 D8), hanno dato esiti perfettamente sovrapponibili ai precedenti. Pressoché identici sono stati i risultati dei test proiettivi Rorschach e TAT (vedi allegati PTS1 e PTS2) e

PPT *di Marshall (i cui esiti, in linea con quelli degli altri due, sono ancora oggetto di studi comparativi).*

Il ciclo sonno-veglia non presenta alterazioni. L'attività onirica, di normale intensità (vedi allegato DC REM *1 e 2), presenta invece aspetti interessanti sui quali potremo fornire giudizi più precisi una volta terminato l'approfondimento, in particolare sul versante interpretativo psicoanalitico dei sogni che il signor Costello ci ha raccontato (i contenuti sono soggetti a privacy). Tuttavia è significativo osservare che, dopo i primi giorni in cui la percezione del sé onirico era totalmente sovrapponibile alla precedente, vale a dire che il paziente si vedeva – oltre che "sentirsi" come agente del sogno – con l'aspetto fisico antecedente all'operazione, ha incominciato a manifestarsi sempre più frequentemente la percezione di un sé onirico conforme al nuovo aspetto. Che, anzi, risulta essere allo stato attuale preponderante rispetto al precedente. È ovvio, nonché fisiologico, che il pregresso aspetto resterà presente per sempre nell'attività onirica del soggetto, in quanto facente parte del suo vissuto, o per usare un termine di matrice psicoanalitica, del suo inconscio. Nessun dato significativo si è inoltre rilevato nella percezione visiva dei sogni (aspetto fotocromatico), né il paziente ha mai raccontato di aver avuto incubi. Una relazione esaustiva di questo aspetto sarà redatta in seguito, una volta terminato l'approfondimento psicoanalitico comparato con le risultanze del test di Marshall.*

Per quanto riguarda infine l'analisi delle potenzialità

suicide che abbiamo studiato a fondo in più fasi, possiamo affermare oltre ragionevole dubbio che allo stato attuale non siano apprezzabili né prevedibili istinti suicidi. Si esclude pertanto che il paziente possa mettere in atto un tentativo di suicidio relazionabile alle conseguenze psicologiche (o neurofisiologiche) dell'intervento subìto.

In conclusione riteniamo che il soggetto non presenti quadri psicopatologici di rilevanza clinica, che il suo comportamento rientri nella piena normalità e che, fatte salve eventuali patologie organiche in atto, sia dimissibile.

La relazione venne letta ad alta voce dal dottor Spacek agli altri membri della commissione che si era appositamente riunita per decidere sulla dimissione di David Costello.

Oltre al professor Thuan e alla dottoressa Gauss, erano stati convocati tutti i medici che, a vario titolo, risultavano coinvolti nell'intervento o nella degenza postoperatoria, tuttavia, nessuno di loro aveva un vero potere decisionale, ma erano lì in veste di consulenti, per fornire, nel caso fossero state richieste, specifiche delucidazioni e, naturalmente, per presentare eventuali controindicazioni alla dimissione del paziente. Chi invece avrebbe potuto avanzare obiezioni autorevoli, anche se non di tipo sanitario, erano la rappresentante del Comitato etico, il capo ufficio stampa del St. John Hospital e, più di tutti, il responsabile amministrativo, Gregor Kaminski. In ogni caso, sentiti tutti i pareri, la decisione finale, sarebbe spettata al triumvirato Spacek-Gauss-Thuan.

La discussione fu introdotta dal professor Thuan.

«Non mi pare che il paziente sia affetto da patologie di sorta, anzi, abbiamo risultati del tutto rassicuranti anche in questo senso. Tutte le indagini cliniche hanno dato esito negativo. L'aspetto neurochirurgico, quello cardiovascolare e più in generale internistico, come sicuramente potranno confermare i colleghi» e così dicendo il dottor Thuan indicò con lo sguardo e con un ampio movimento della mano i medici in questione, «non presentano problemi di sorta. Già da una settimana il paziente non assume più alcuna terapia immunodepressiva, né di altro genere. Le analisi di laboratorio attestano che lo stato di salute del paziente è ottimo e che nessun valore ematico è alterato. In altri termini, nonostante la difficoltà e la delicatezza dell'intervento, si può tranquillamente affermare che ci troviamo di fronte a un soggetto di ventiquattro anni il quale, secondo tutti i riscontri clinici, sul piano fisiologico, può considerarsi perfettamente sano, ed è questo che ho intenzione di scrivere nella mia relazione conclusiva, che ho aspettato a compilare proprio per sentire i vostri pareri definitivi. A questo proposito, se c'è qualcuno tra voi che ha da riferire qualcosa o vuole fare qualche domanda alla dottoressa Gauss, prego...»

«Dottoressa» intervenne il capo ufficio stampa,

«vorrei capire meglio che cosa intendete per "difficoltà interpersonali rilevate nel rapporto con la moglie (peraltro più evidenti nella moglie)". Certo, non sarà tra gli aspetti da affrontare quando daremo notizia dell'intervento, tuttavia...»

«A questo proposito» intervenne di nuovo il dottor Spacek, «scusate se mi intrometto, ho ricevuto una comunicazione da parte del Comitato direttivo della Fondazione poco prima di iniziare la riunione... È stato deciso di mantenere ancora assoluto riserbo sul caso. Si procederà quindi col nuovo trapianto che è in programma a breve, probabilmente entro la fine di questa settimana, dopodiché, se, come ci auguriamo, anche questo intervento avrà avuto esito positivo, allora si potrà dare annuncio di entrambi o prima di uno poi dell'altro, questo verrà stabilito in un secondo tempo. Vista la delicatezza della questione e considerando l'identità del nuovo trapiantato... sapete tutti a chi mi riferisco, credo... si è deciso di aspettare. Anche perché, parlando con la dottoressa Gauss abbiamo convenuto che è sconsigliabile sottoporre il signor Costello a una pressione mediatica prevedibilmente molto intensa.»

«Non solo» intervenne a sua volta la dottoressa Gauss, «anche se il paziente fosse già pronto ad affrontare l'impatto sociale, e mi riferisco in questo caso alle sue relazioni in senso stretto... conoscenze, amici, colleghi di lavoro... è bene che per ora resti come dire... in incognito.»

«Mi scusi» chiese ancora il capo ufficio stampa, «ma come pensate di nascondere l'intervento del signor Costello? Dimetterlo significa mandarlo a casa...»

«Semplicemente non dovrà dire di essere lui, del resto chi potrebbe riconoscerlo? E poi, se anche dovesse rivelarlo, con ogni probabilità non sarebbe creduto. Sarà un ospite... Peraltro tutte le persone che lo conoscono pensano che sia in fin di vita, ricoverato in questo ospedale. La signora Costello, a questo proposito, ci è stata di grande aiuto, ha saputo gestire molto bene la cosa, e comunque ne abbiamo già parlato con gli interessati: tra due settimane al massimo si trasferiranno per un certo periodo nella loro seconda casa sulle rive dell'Atlantico, che mi risulta trovarsi in un posto abbastanza isolato. Lo avevano stabilito da tempo e lo avrebbero fatto comunque, è una richiesta che aveva avanzato lo stesso Costello qualche tempo fa e sulla quale non avevamo nulla da eccepire, anzi. Partirebbero anche prima, ma la moglie ha degli impegni lavorativi che non può interrompere. Per quanto riguarda invece le problematiche interpersonali con la moglie, quello che sono autorizzata a dire è che la signora di fatto ancora non riesce a superare le comprensibili difficoltà di interagire con un ragazzo di ventiquattro anni. Anche se sa benissimo che è suo marito non riesce per così dire a *riconoscerlo*, nel senso più ampio del termine. Nel caso del signor Costello, il problema non è riferibile tanto al rapporto con la moglie in sé quanto a ciò che nella relazione abbiamo definito “scoperta di una nuova identità psicosomatica”. Come abbiamo scritto, il paziente in questa fase è molto orientato su se stesso, a capire chi è, a scoprirsi giorno per giorno, e quindi tende a investire meno energie nei suoi rapporti con l'esterno, dunque anche con la moglie. Tuttavia i loro problemi interpersonali non ci preoccupano particolarmente: se vogliamo definirli, sono simili a quelli di moltissime altre coppie, e peraltro siamo convinti che questa fase introiettiva del paziente sia non solo fisiologica ma anche transitoria. Noi crediamo che la stretta convivenza aiuterà entrambi a superare definitivamente questo momento critico, alla base il loro rapporto è molto solido, contiamo anche su questo.»

«Mi scusi ancora» disse la rappresentante del Comitato etico, «lei nella relazione si riferisce a non meglio specificati “mutamenti caratteriali” e scrive che “si confermano quelli già descritti e analizzati nelle precedenti relazioni”. Ecco, io, come altri qui, non essendo medico non ho potuto consultare, né probabilmente le avrei capite, le “precedenti relazioni”, se volesse dirci qualcosa in proposito... E poi mi risulta che, soprattutto nelle prime settimane, il paziente abbia manifestato un certo... nervosismo. Vuole parlarcene?»

«Sì, naturalmente, nessun problema» il tono della dottoressa Gauss tradiva invece un certo fastidio. «Non mi pare il caso in questa sede di entrare nel merito dell'aspetto strettamente neurofisiologico della questione, diciamo quindi innanzitutto che, in riferimento a ciò che lei definisce "nervosismo", posso confermarle che il paziente nella prima fase postoperatoria ha manifestato alcune note di irritabilità, un lieve stato d'ansia, sul quale, va detto, non siamo intervenuti farmacologicamente per osservarne meglio gli sviluppi, e a tratti un senso di spaesamento per certi versi assimilabile a fenomeni di depersonalizzazione. Tuttavia l'intera patologia, se di patologia vogliamo parlare, si è risolta spontaneamente nel giro di due settimane. Per quanto riguarda invece i mutamenti caratteriali che il paziente ha manifestato e continua a manifestare, posso garantirle che sono in qualche modo fisiologici e comunque non creano particolari problemi allo stesso. Cercherò di essere il meno tecnica possibile... Dovete rendervi conto dell'incredibile processo adattivo e di rimodellamento, prima di tutto neurologico, che ha subìto e sta subendo l'encefalo del signor Costello. Si ritrova a dover gestire stimoli che vengono dall'interno e dall'esterno mediati e trasmessi da un sistema nervoso centrale e periferico diverso da quello che lo ha, diciamo così, *istruito* per ottant'anni. E non è facile, credetemi, i mutamenti caratteriali sono comprensibilissimi.»

«Sì, d'accordo» intervenne ancora la rappresentante del Comitato etico, «ma quali sono questi mutamenti caratteriali, se è lecito?»

La Gauss, visibilmente scocciata, continuò:

«Un attimo, mi lasci concludere. Innanzi tutto, come ho già avuto modo di sottolineare nella relazione, si è riscontrato un incremento dell'aspetto narcisistico, se vogliamo chiamarlo così... Inoltre il paziente alterna fasi più malinconiche ad altre in cui manifesta non solo benessere fisico ma anche psicologico, se non addirittura una certa euforia motivata se non altro dall'avvenuta guarigione, dall'essere scampato a una morte certa, e anche, se mi consente, dal ritrovarsi un corpo di sessanta anni più giovane. Tra l'altro, permettetemi un'osservazione poco ortodossa, un bel corpo, un bel viso, insomma, chi lo ha visto lo sa, David Costello è ora un bellissimo ragazzo. Non so se vi rendete conto, pur con tutte le problematiche del caso, è il sogno di tutti ritornare giovani e belli come non siamo mai stati, e qui non c'è chirurgia estetica che tenga, lui giovane lo è davvero, fino all'ultima cellula del suo corpo. Ha l'energia e la bellezza di un ventenne con l'esperienza di un ottantenne. La seconda vita! con potenzialità inaudite, quelle che la prima non ci può dare, non so se mi spiego...». E dopo aver detto "non so se mi spiego", la dottoressa Gauss fece un lieve sospiro, uno di quei sospiri che tradiscono le persone e per un attimo le liberano... dai ruoli, dalle maschere che sono costrette a indossare, dallo sforzo ostinato di assecondare le aspettative che gli altri hanno su di loro, e che se si sanno cogliere raccontano più di tante parole. Poi si riprese, e ritrovò il suo solito tono professionale: «In ogni caso, queste fasi umorali alterne che, sia chiaro, non presentano alcuna componente nevrotica o peggio ancora psicotica, a quanto ci risulta prima dell'intervento non rientravano nelle peculiarità della struttura caratteriale del soggetto. Anzi, il paziente era una persona con un equilibrio emotivo molto stabile. Restano immutati un certo disincanto, un'ottima capacità di sdrammatizzazione degli eventi, e anche un approccio di tipo fatalistico nei confronti della vita. Un atteggiamento favorito dalla meditazione, che il soggetto praticava e pratica tutt'ora. A questo proposito, è interessante notare che, come riferisce il paziente, nulla è cambiato rispetto a prima: il signor Costello riesce a praticare la meditazione con la stessa efficacia. Infine, va evidenziato un tratto nuovo che non si può descrivere in termini clinici, né può essere catalogato in un quadro nosologico standardizzato, ma il soggetto è dotato di un notevole carisma, nel modo che ha di guardare, di parlare, di muoversi perfino... Insomma, a detta di tutti gli operatori che hanno avuto a che fare con lui, il soggetto esercita, se posso essere molto poco tecnica... un certo fascino sulle persone, e questo non era apprezzabile nel David Costello come dire... precedente, che, intendiamoci, era una persona molto sicura di sé, con una personalità non comune e certamente interessante, e tuttavia non aveva l'attuale carisma. Certo, è possibile che gli operatori, conoscendo la sua vicenda, vengano in qualche modo condizionati dal... ehm... mistero di questa persona e quindi ne subiscano il fascino, a volte addirittura misto a un senso di disagio. Determinato con ogni probabilità dall'idea di stare interagendo con un uomo che ha la mente di un ottantenne e il corpo di un ventenne. Ecco, questo è tutto, altre osservazioni richiederebbero troppo tempo. Spero di essere stata esauriente, e scusate se ho cercato di spiegarvi le cose in modo così poco professionale».

«Ha fatto benissimo, dottoressa, non si preoccupi, la sua risposta è stata molto soddisfacente. Qualche altra domanda?» chiese il dottor Spacek guardando uno dopo l'altro i membri della commissione. «Altrimenti ci aggiorniamo alla prossima settimana.»

A quel punto intervenne Gregor Kaminski, il responsabile amministrativo. Il dottor Spacek non riuscì a nascondere la sua insofferenza.

«Mi scusi, dottoressa, è solo una curiosità personale, ma lei nella relazione parla di abilità psicomotorie mantenute eccetera eccetera. Può essere più chiara, anche perché ho visto nella nota spese che la procedura in questo senso è stata come dire... abbastanza singolare: avete acquistato una chitarra e un intero set di mazze da golf.»

«Allora non è una curiosità personale, signor Kaminski!» intervenne il dottor Spacek.

«No, anche, mi creda, dottor Spacek, però cerchi di capire, io devo rispondere al Comitato direttivo della Fondazione. Non succederà, ma se qualcuno, magari anche solo per semplice curiosità, mi dovesse chiedere come mai acquistiamo chitarre e mazze da golf, dovrò pur dirgli qualcosa!»

«La informo subito» intervenne la dottoressa Gauss, «così potrà soddisfare le curiosità di chiunque, non ci sono problemi. Cercherò di essere il più chiara possibile: supponiamo che il donatore sia A e il signor Costello sia B. A era un musicista, sapeva suonare benissimo la chitarra, B invece no. Ebbene B continua a non sapere suonare la chitarra e anche se prova più volte non impara se non nel modo consueto, forse con un leggero vantaggio rispetto agli altri per via di una certa dimestichezza puramente motoria, ma trascurabile, e comunque non sappiamo dire se B, in questo caso il signor Costello, fosse come dire... portato, avesse cioè questa attitudine innata. Viceversa B era un ottimo giocatore di golf, A non aveva mai preso una mazza da golf in mano, questo ce lo hanno riferito i parenti, B resterà un ottimo giocatore di golf, potete vedere i filmati del signor Costello in una zona riservata del parco dell'ospedale che colpisce la pallina con le varie mazze a seconda dei colpi che intende fare, lamentandosi che non ne è più capace... Ma non è vero, anch'io gioco a golf e posso assicurarvi che il signor Costello se la stava cavando benissimo, benché, sia chiaro, per tornare a essere il giocatore di prima, anzi, vista la prestanza fisica, anche più bravo di prima, avrà bisogno di un periodo di apprendimento. Esattamente come quando ognuno di noi, dopo aver acquisito una certa abilità motoria in un determinato sport, lo interrompe per poi riprenderlo dopo anni, mantiene di fatto la sua capacità anche se gli serve una fase di recupero. Nel caso del signor Costello possiamo aspettarci che questa fase durerà più a lungo. Dico questo considerando ciò che abbiamo osservato in lui in relazione ad altre competenze. Soddisfatto, signor Kaminski, pensa che il direttivo abbia qualcosa da eccepire?»

«No no, dottoressa Gauss, non sia polemica, la prego, non ci sono problemi, il costo delle mazze da golf è l'ultimo dei miei pensieri, come le ho detto, era solo una curiosità.»

«Benissimo» intervenne Spacek, «ora che è stata soddisfatta la curiosità del signor Kaminski, se non ci sono altre domande, ci aggiorniamo alla prossima settimana.»

Nessuno ebbe più niente da chiedere, così decisero per la dimissione di David Costello.

Parte terza

Mai stato così bene

Mai stato così bene. Mi ero dimenticato come ci si sente a vent'anni, forse perché a vent'anni non lo sai come ci si sente a ottanta, e stai come stai, ti sembra normale, non ci fai caso. E invece stai benissimo. Ho un'energia che spaccherei il mondo. La seconda notte dalla mia dimissione, dopo tutto il giorno passato in casa, sono uscito per andare a correre giù al parco. Non ce la facevo più, dovevo scaricare questa forza che mi sentivo dentro. Ellen non voleva che andassi, insisteva per venire con me. Le ho detto stai, non ti preoccupare, sono le tre, dormi, domani devi andare a lavorare, ho solo bisogno di muovermi, impazzisco a stare sempre chiuso in casa, è da quaranta giorni che sono tappato in una stanza. Non le ho detto non ce la faresti a starmi dietro, ma l'ho pensato. Credo l'abbia pensato anche lei. Mi porto Zak, le ho detto, lo faccio correre un po', poverino, intanto è notte, non incontrerò nessuno. Ellen lo porta fuori la mattina prima di andare a lavorare e poi la sera quando rientra, non vuole che lo faccia io per evitare che incontri qualcuno che mi conosce e che vedendomi, ovvero vedendo *lui* col mio cane, si possa porre qualche domanda strana. Ma sono paranoie di Ellen. Ho corso per un'ora di fila, e quasi non me ne sono accorto: il giorno dopo, al risveglio, non avevo una sola fibra muscolare che mi facesse male, solo un po' di indolenzimento qua e là, che mi dava un senso di piacevole stanchezza. Zak era distrutto, invece, ma ha quasi undici anni, incomincia a sentire l'età, lui.

Di testa invece non è la stessa cosa, a volte mi sento depresso, ora come prima, quando ero in ospedale. Ho paura, mi tormentano i dubbi, penso a cosa succederà quando tutti sapranno, come diventerà la mia vita, quale sarà la reazione degli altri e la mia reazione alla reazione degli altri. Adesso è tutto più facile, perché nessuno sa niente, ma poi? Penso a chi sono io veramente, e anche questo certe volte mi fa un po' paura. Sono convinto che i troppi pensieri avvelenino la mente, e che siano come l'acido lattico per i muscoli: i muscoli producono il movimento e se questo è esasperato rilasciano acido lattico. La mente è simile, produce pensieri e se i pensieri sono esasperati anche lei in qualche modo s'intossica. Avvitarsi nelle preoccupazioni per la mente è come per le gambe correre una maratona. Ma io mi salvo con la meditazione: appena mi accorgo che sto rimuginando pensieri che mi fanno male, problemi che è prematuro affrontare perché non si sono ancora presentati, stacco ogni stimolo con la meditazione. L'intervento ha lasciato intatta questa mia capacità, non è cambiato nulla da prima, perché è la mente che annulla se stessa, e prima ancora il corpo. Se riesco a non pensare, a vivere giorno per giorno quello che mi sta capitando, allora va tutto benissimo.

Del resto me lo ha consigliato anche la Gauss, l'ultima volta che ci siamo visti. Strano tipo quella donna. Sepolto sotto la sua immagine di professionalità, un tempo doveva battere un cuore, ora non più. È sola, divorziata, senza figli. Me l'hanno detto gli infermieri, che come tutti gli infermieri, da che mondo è mondo, non si fanno mai gli affari loro. Ha sacrificato tutta la vita alla professione. Ha un cane con cui divide la sua solitudine. Quando mi capitava di incontrarla nel parco, era sempre con lui. Camminavano, indifferenti l'una all'altro, lei con gli occhi persi nel vuoto, il cane ad annusare per terra. Ho sempre avuto l'impressione che fosse una di quelle donne, ormai sfiorite e tristi, che usano il cane come alibi al loro passeggiare da sole. Gioca a golf, mi ha detto, ma non gioca mai perché non sa con chi, e sul green non può portarsi il cane. Ci vedevamo quasi ogni giorno, e quasi ogni giorno ero costretto a raccontarle i miei sogni e come stavo e cosa pensavo e tutto quello che mi passava per la mente. Voleva che mi lasciassi andare, ma lei è sempre stata molto attenta a non fare altrettanto, neanche un po'. Una volta che gliel'ho fatto notare, mi ha risposto, gelida: «Distacco terapeutico, signor

Costello, è essenziale». Eppure, forse, anche un briciolo di contatto umano non avrebbe guastato. Ho sempre avuto la sensazione che io le interessassi più come caso clinico che come persona. L'unica volta che ho visto l'accenno di un fremito è stato quando le ho detto di aver provato l'istinto di suicidarmi, e che se non l'avevo fatto era solo perché non ne avevo i mezzi, non potevo. Ha avuto un lieve sussulto, e poi, cercando di non far trasparire alcuna emozione, con una voce appena incrinata da un leggero tremolio, mi ha detto: «Si spieghi meglio». Io ci ho provato, ma poi mi è scappato da ridere e le ho detto: «Scheeerzo, dottoressa», e avrei voluto darle un buffetto sulla guancia, ma non l'ho fatto perché non se lo meritava. Non era preoccupata che io potessi morire, ma che volessi suicidarmi.

Certo, bisogna capirla, è sottoposta a pressioni pazzesche, e poi il suo futuro si gioca sulla mia pelle, può entrare nella leggenda come la psicologa che ha trattato con successo lo strano caso del dottor Costello e di Mister X, la donna che meglio di tutti conosce i meandri della mia psiche, oppure fallire. E il fallimento in un personaggio così non è contemplato, sarebbe devastante. Chi punta tutto sul lavoro, se perde, perde tutto. In ogni caso devo ammettere che mi ha aiutato, quale che fosse il vero motivo del suo "distacco terapeutico", era realmente interessata a me. Da parte mia, forse perché avevo di fronte questo muro di gomma, non ho avuto segreti con lei, anche se ogni tanto qualcosa le nascondevo, o l'annacquavo un po', per calcolo. Ad esempio ho un problema, che forse non è neppure un problema, almeno la Gauss è convinta che non lo sia. Ed è il sempre maggiore interesse che provo per *lui*, vorrei sapere chi era, cosa faceva, chi amava, cosa pensava. È un'esigenza insopprimibile. E poi mi pare che conoscere lui mi aiuterebbe a conoscere me. Lo so, non è ragionevole, ma è così. Come è irragionevole che mi sia messo in testa che questa compatibilità "stupefacente", aveva detto Spacek, voglia significare qualcosa, non so... un'affinità elettiva, tra noi due, che vada oltre a quella organica. La Gauss, dicevo, è convinta che questo mio interessarmi a lui sia normale, ma lei non sa, perché gliel'ho tenuto nascosto per paura che poi non mi lasciasse uscire, che sta diventando un'ossessione. Per adesso comunque riesco a tenerla sotto controllo, anzi, ci sono dei giorni, delle ore è meglio dire, in cui non ci penso proprio, in cui mi godo il corpo che ho e le sensazioni che mi dà.

Gli inizi sono stati difficili. I primi giorni dopo l'intervento mi capitava di sentirmi estraneo al mio corpo, di notte soprattutto, mi svegliavo e il cervello impiegava un po' a realizzare che le mie mani fossero davvero mie, ad esempio. Una sensazione terribile, che non auguro a nessuno. Ma dovevo ancora abituarmi, o meglio, il mio cervello doveva ancora abituarsi, tutto qui. Adesso, infatti, il mio corpo lo sento *mio*, totalmente, e non mi sono più capitate paranoie del genere. Me ne sono capitate altre, in compenso, ma non le vivo male, anzi, sto solo cercando di capire. Noto cose che prima non notavo.

Non sono mai stato un uomo distratto, anzi, potrei definirmi un osservatore, ma da sempre la mia attenzione era soprattutto concentrata sulle persone, sui loro vezzi, i loro tic, il loro modo di fare o di essere, sui loro ruoli. Mi veniva istintivo, naturale, adesso invece, altrettanto istintivamente, sono molto più attento alle cose... ai luoghi. Il parco sotto casa mia, ad esempio, è stata una scoperta. Ho visto alberi, scorci di panorama, sentieri di cui, nonostante ci fossi passato mille volte, non sospettavo l'esistenza. Ma la cosa più strana è che ogni tanto mi capita di pensare in modo diverso. Non so neppure io quel che voglio dire esattamente, né come poter esprimere a parole ciò che mi accade, perché riguarda non tanto il contenuto dei pensieri ma la loro concatenazione. I miei processi mentali, e mi riferisco a quelli razionali, sembrano talvolta percorrere percorsi alternativi. Mi accorgo di non aver mai pensato in quel modo. Sono lampi, ma ogni tanto si accendono. È una bella sensazione, un po' come quando ci succede di avere improvvisamente un'idea, o di trovare la soluzione a un problema che fino a un secondo prima ci pareva insolubile. Non so se mi spiego.

Forse Spacek aveva torto quando diceva che il corpo è solo una ricetrasmittente, credo sia molto di più, credo che possa influenzare i pensieri. Invece sulle emozioni aveva ragione. Ricordo che mi disse, pur non potendo darmi alcuna certezza, che le avrei vissute sempre nel solito modo. È così. Quando sono triste, lo sono come lo sono sempre stato, rido per le stesse cose di prima, quando ripenso a momenti belli del passato, provo la stessa nostalgia. Quello che è cambiato, e di molto, sono le mie sensazioni corporee, è come se mi fossi fatto un lifting ai sensi, li ho decisamente più acuti. Del resto ho vent'anni, è normale! E poi ho sempre caldo. Intendiamoci, non un caldo da febbre, ma di uno che non patisce il freddo. Non credo che il ragazzo fosse un tipo freddoloso, invece io lo ero, anche da giovane. Adesso dormirei nudo, se non lo faccio, se quando vado a letto mi sforzo di indossare una t-shirt e un paio di boxer, è per Ellen. Mi sono accorto che è a disagio nel guardarmi mentre mi spoglio. E questo è un problema che dovremo affrontare.

Passo quasi tutto il tempo a casa, da solo. Con Zak, l'unico che mi ha riconosciuto. Dopo qualche ora che mi guardava con sospetto, ha capito che ero io, cioè lo ha *sentito* – perché se uno vuol capirlo non lo capisce –, infatti con me si comporta nello stesso modo di sempre. *Sente* che sono il suo padrone, perché il suo padrone sono io, non Ellen. Per il resto mi annoio, leggo, o controllo la posta sul pc. Navigo, quasi sempre fra i trattati di neurologia, o per vedere se per caso riesco a scoprire qualcosa di lui. Sono andato a cercare notizie di un'aggressione nella quale è morto un ragazzo di ventiquattro anni da qualche parte nel mondo nei giorni precedenti alla mia operazione, ma con i pochi dati che ho a disposizione è un'impresa titanica, non sono ancora venuto a capo di nulla. L'unica cosa che conosco di lui, oltre alla sua origine euroasiatica, è questo tatuaggio che ho sulla spalla destra. Raffigura una nota musicale, ed è quindi facile pensare che lui fosse un musicista. Anzi, lo era senz'altro, perché la Gauss e la sua ghenga si ostinavano a cercare di farmi suonare la chitarra, con esiti francamente imbarazzanti, visto che io per la musica sono sempre stato piuttosto negato, e lo sono tutt'ora, intendiamoci. Eppure, imprevedibilmente, ho imparato a strimpellare senza fatica qualche nota, mentre da ragazzo ci avevo provato, anche con una certa insistenza, ma ero un vero disastro. Chissà, forse lui qualcosa mi ha insegnato davvero. E a ben vedere, negli ultimi tempi è anche un po' cambiato il mio modo di ascoltare la musica, colgo sfumature che prima non coglievo. Mi verrebbe da dire che ho più orecchio musicale, visto che l'orecchio con cui ascolto la musica è il suo! Anche per ascoltare la musica bisognerebbe non pensare, i pensieri frenano la percezione profonda della melodia, che invece, sembra un paradosso, ne agevola il libero fluire. E allora, se uno vuole pensare mentre ascolta la musica, deve sapere che rinuncia ad ascoltarla davvero, se invece vuole farsi realmente trasportare da essa deve sforzarsi di non pensare, la melodia deve prendere il posto dei pensieri, annullarli. Ecco, adesso riesco a farlo, prima no. Mi piacerebbe sapere come ascoltava la musica lui; io credo che sapesse ascoltarla così, staccando da tutto, o forse quel suo modo ha finito per fondersi con la mia capacità di annullare i pensieri, quando voglio. Chissà, a stare dietro a queste elucubrazioni ci si esce di testa, meglio lasciar perdere.

Ho ripreso anche a leggere. I libri mi danno sempre lo stesso piacere di prima. Ho appena finito *La metamorfosi*: ero curioso di rileggerlo ora, per vedere cosa aveva immaginato Kafka. Mi sono identificato con Gregor Samsa. Mi sono divertito a scoprire che anche lui, da scarafaggio, provava disgusto per il latte, mentre prima gli piaceva. Certo, la mia metamorfosi è decisamente meno inquietante della sua. Io, se non altro, sono davvero un bel ragazzo, altro che scarafaggio.

Ellen esce presto la mattina per andare al lavoro, e torna la sera. Due volte all'ora di pranzo – le uniche due in cui Ellen ha potuto staccare – siamo stati al parco a mangiare qualcosa, in un bar dove andavamo sempre e dove fanno dei sandwich grandiosi, anche se quello che mangiavo prima ora mi piace meno. Il padrone del bar mi ha guardato strano, come il portiere, peraltro. È chiaro che pensano che sia il giovane amante di Ellen, anche perché ci hanno visto mano nella mano.

Con Ellen ci sono dei problemi, inutile nasconderlo, anche se ci proviamo. Per me, a dire il vero, non è cambiato molto, la guardo sempre con gli stessi occhi, ma per lei è cambiato tutto. Mi accorgo che non ce la fa, non riesce a osservarmi nel solito modo, a toccarmi nel solito modo. L'amore non lo abbiamo mai fatto e in realtà non lo facevamo quasi più neppure prima. Dopo cinquant'anni di matrimonio, cinquantaquattro per l'esattezza – Ellen aveva ventidue anni e io ventisei quando ci siamo sposati – l'attrazione fisica sfuma, insieme al desiderio sessuale. Ma il nostro rapporto era fatto di tante altre cose, che ora fatichiamo a ritrovare. Intanto non ci abbracciamo più nello stesso modo, anzi, non ci abbracciamo quasi, e quando lo facciamo *è diverso*. Ma anche le basi più solide del nostro rapporto, l'amicizia, la complicità, la condivisione, lo stare bene insieme, ora vacillano. Non sono più le stesse, o se lo sono, noi siamo frenati nel manifestarle. Forse è anche colpa mia, forse sono troppo concentrato su di me e poco su di lei, su di noi. Non condivido abbastanza con lei i miei problemi e meno ancora le mie paranoie, e anche tutto quello che di bello mi sta capitando. Non so, mi pare quasi di farle un torto, di sottolineare diciamo... la differenza di età.

Ancora una settimana e ci trasferiremo nella nostra casa sull'Atlantico, prima non è possibile perché Ellen ha degli impegni lavorativi che non può trascurare. E spero laggiù di poter risolvere i nostri problemi. Sì, perché il quinto giorno dopo la mia dimissione è successa una cosa che ha scombussolato tutti i nostri programmi, e mi ha tenuto sveglio tutta la notte, a pensare a noi due.

Questa volta non ho allontanato i cattivi pensieri con la meditazione, perché quello era un problema che dovevo affrontare.

Ero solo in casa, davanti al computer

Ero solo in casa, davanti al computer. Ho letto la posta e ho trovato una comunicazione che aspettavo da tempo. Arrivava dal mio più caro amico, Claude Chabrol, un vecchio compagno di scuola. Poi, con l'università, le nostre strade si sono separate, lui si è dedicato all'ingegneria, io alla comunicazione. Nonostante questo, abbiamo continuato a frequentarci ogni volta che ci è stato possibile. Ormai ci vediamo raramente, ma ci siamo sempre detti che tra qualche anno, quando tutti e due saremo meno impegnati, finalmente liberi dalle nostre occupazioni, recupereremo tutto il tempo perduto. Magari ritirandoci insieme nelle nostre case sull'Atlantico: Claude ne ha infatti scelta una vicina alla nostra nella speranza di poter condividere qualche vacanza, ma è sempre così preso dal lavoro che non ci viene quasi mai. Non gli ho ancora rivelato la mia malattia, anche se ogni giorno mi ripromettevo di farlo, e lo avrei fatto, ormai non avevo alternativa, ma non sono mai riuscito a dargli questo dispiacere. Ho rimandato. Claude da anni lavora e vive in Cina, dove ha una piccola azienda che produce una tecnologia satellitare all'avanguardia. La notizia che stavo aspettando riguardava un progetto per realizzare una campagna pubblicitaria commissionata da un cliente prestigioso, fondamentale per rinnovare il contratto che già avevamo con loro. Un progetto che nasceva da una mia idea e su cui avevo lavorato con la massima segretezza senza mai rivelare niente a nessuno in agenzia, neppure a Tom, il mio socio, sulle cui capacità di mantenere un segreto nutrivo seri dubbi. L'unica a essere a conoscenza della cosa era Ellen, e Claude, ovviamente, col quale avevo parlato a lungo, perché solo lui poteva aiutarmi a realizzare la mia idea. Prima di ammalarmi ero andato a trovarlo in Cina per questo, ma era stata anche una scusa per vederlo. Ora mi scriveva. Solo poche parole, illuminanti.

Caro David,

è molto che non ci sentiamo ma sono stato tutto preso dal lavoro e dal nostro progetto. Ci siamo! È fatta. Siamo in grado di realizzarlo. Ne sono certo al cento per cento (novantanove? concedimi un uno per cento di errore). Dobbiamo ancora limare parecchie cose, ma ti scrivo ora perché so già che ce la faremo, e so che a te serviva saperlo urgentemente. Per essere operativi ci vorrà ancora un po', direi cinque o sei mesi. Quindi mi dovrai comunicare prima che puoi il giorno esatto in cui intendi dare il via alla campagna pubblicitaria, in base a quello dobbiamo elaborare dei calcoli piuttosto complicati. Contattami al più presto. Salutami Ellen.

Claude

Gli ho risposto immediatamente. Gli ho chiesto maggiori delucidazioni tecniche. Mi ha risposto a sua volta chiarendomi ogni dubbio, illustrandomi varie opzioni operative e garantendomi che in ogni caso tutti i problemi erano stati risolti in modo da realizzare l'idea così come l'avevo concepita. Ci siamo accordati su tutto. Claude mi ha assicurato la sua presenza (o di qualcuno dei suoi collaboratori) il giorno della riunione col committente. Ho pensato di chiedere a Ellen di passare in agenzia per spiegare nei dettagli la cosa a Tom – adesso era indispensabile – e per informarsi sul giorno esatto in cui era stato fissato l'incontro: sapevo che doveva essere verso la metà di aprile, ma ormai avevo abbandonato da tempo tutti i contatti con l'agenzia. Stavo per chiamarla, ma poi mi sono detto che era troppo importante e che dovevo andarci io. Ho guardato l'ora, erano le due, ed Ellen non sarebbe tornata prima di sera. Mi sono vestito e sono uscito, senza avvisarla, non ci ho pensato. Ho avvisato Zak, invece, mi sono accucciato accanto a lui e gli ho detto:

«Zak, devo uscire, ma non posso portarti con me,

questa volta sì, se ti porto in agenzia, si chiederanno cosa ci fa il cane di David con questo tizio, meglio evitare. Tu stai bravo a casa, appena torno ti porto a fare un giretto».

Lui ha guaito un po' e poi si è messo ai piedi della mia poltrona, già pronto a salirci sopra appena me ne fossi andato.

C'era un bel sole, si sentiva arrivare la primavera. Ho raggiunto l'agenzia a piedi, non mi andava di prendere un taxi, volevo camminare respirare guardarmi attorno. Osservavo la gente e mi pareva che tutti guardassero me. Osservavo le donne, una cosa, confesso, che ho sempre fatto, con discrezione naturalmente e senza secondi fini, ma adesso alcune rispondevano al mio sguardo, una mi ha anche sorriso. Prima non capitava mai, da ragazzo forse, qualche volta. In un negozio dove sono entrato per comprarmi un paio di scarpe nuove – da giovane! – vedevo la commessa che si *scioglieva.* Era carina, avrà avuto la mia età, diciamo. Le avessi chiesto un appuntamento mi avrebbe detto certamente di sì, me lo ha fatto capire. Sono uscito da quel negozio sorridendo, e anche un po' compiaciuto.

Sono arrivato davanti al portone del grattacielo dove abbiamo gli uffici. Sono entrato. Ho avuto l'istinto di salutare calorosamente il portiere, un tizio simpatico, col quale spesso mi fermavo a parlare di golf, visto che anche lui è un appassionato di questo sport. Mi sono ricordato del mio aspetto solo all'ultimo momento, quando già gli stavo sorridendo, e in risposta alla sua espressione interrogativa, mi sono salvato in corner chiedendogli:

«È qui l'agenzia pubblicitaria Harris&Costello?».

«Quarantaduesimo piano.»

«Grazie.»

Appena entrato ho visto subito Theresa, la nostra segretaria. *Le ho chiesto di me.* La cosa mi ha divertito parecchio.

«C'è per caso il dottor Costello?» le ho chiesto.

«No» mi ha detto, mostrando un velo di imbarazzo.

«Quando lo posso trovare?»

«Non lo può trovare, non lavora più qui» ha detto, riprendendosi appena.

"Ah, non lavoro più qui" ho pensato, "mi date già per morto."

«E dove lavora?»

«Non lavora, si è ritirato.» E ha subito cambiato discorso per togliersi dal disagio. «Perché lo voleva vedere?»

«Cercate sempre un collaboratore?»

Per sopperire alla mia prossima, inevitabile, e direi definitiva assenza, fin da quando mi era stata diagnosticata la Malattia, io e Tom avevamo deciso di trovare qualcuno in gamba che lo aiutasse. In realtà lo avevo deciso io perché non mi fidavo per niente di lui.

«No, cioè sì, lo avevamo trovato, ma è andato via, una settimana fa si è licenziato...» "Questo" ho pensato, "cara Theresa, non me lo dovevi dire." Informazione inutile e perfino dannosa da dare a uno *sconosciuto.* Istruttivo questo mio mostrarmi in incognito. Vedere come si comportavano le persone che conoscevo avendo l'aspetto di un altro era un privilegio che non avevo ancora considerato. Avrei potuto perfino parlar male di me! In ogni caso era vero, lo sapevo, quel ragazzo l'avevo selezionato io prima di lasciare il lavoro, ma naturalmente non ero stato informato delle sue dimissioni. Immaginavo perché, però. Uno bravo sotto Tom non ci può stare.

«Perché, lei è qui per questo?» mi ha chiesto Theresa.

«Anche» ho detto.

«Se vuole le fisso un appuntamento con il dottor Harris.»

«Se fosse possibile, vorrei vederlo ora.»

«Non credo sia possibile, è molto impegnato.»

"Tom non è mai molto impegnato" ho pensato.

Ho insistito, lei ha insistito negando.

«Gli dica che ho l'idea vincente per la nuova campagna della Coca-Cola.»

Theresa è rimasta interdetta, non se lo aspettava.

«Lei come sa che stiamo lavorando alla nuova campagna della Coca-Cola?»

«Me lo ha detto il dottor Costello, avevo già parlato con lui per questo lavoro otto mesi fa, poi sono dovuto partire, sono arrivato soltanto oggi in città e, vista la delicatezza della questione, ho pensato di venire di persona. Mi faccia la cortesia, chieda per favore al dottor Harris se mi può ricevere, non ve ne pentirete.» Sparavo balle una dietro l'altra, mi divertivo.

Theresa non ha mai avuto un gran carattere, faceva la dura ma per finta, è sensibile, fragile, remissiva, però anche coscienziosa, organizzata, attenta. La segretaria ideale.

«Un attimo» ha detto. Si è alzata, è sparita nel lungo corridoio che porta ai nostri uffici. Dopo qualche minuto è tornata.

«Venga» sorrideva, «mi segua, il dottor Harris la riceve subito.»

L'ho seguita, istintivamente stavo andando verso l'ufficio di destra, quello di Tom, invece lei ha bussato alla porta di quello di sinistra, il mio. Più grande, più bello, con una vista imprendibile sulla città. Del resto io ero, sono, il socio di maggioranza. Tom ha solo una piccola quota, quella che gli è rimasta dopo avermi venduto i due terzi della sua metà perché aveva bisogno di soldi che puntualmente perde al gioco. Suo padre è stato il mio vero socio, il mio mentore, colui che mi ha insegnato il *mestiere*. Mi ha tirato su che ero un ragazzino e prima di ritirarsi, sapendo che se avesse lasciato tutto al figlio l'agenzia sarebbe fallita, ha ceduto la metà delle sue quote a me, pregandomi di fargli da balia, anche se Tom è solo di qualche anno più giovane di me.

"E bravo Tom" ho pensato, "per accaparrarti il mio ufficio non hai aspettato neppure che fossi morto."

Tom se ne stava tutto tronfio

Tom se ne stava tutto tronfio, spaparanzato sulla *mia* poltrona dietro alla *mia* scrivania. Faceva finta di lavorare al computer, ma è probabile che stesse puntando su qualche corsa di cavalli, il modo in cui preferibilmente perdeva soldi.

Gli uomini si dividono in due categorie: quelli che si limitano a sfiorare la vita e quelli che la toccano, ne sentono le vibrazioni più profonde, ci affondano le mani. E non mi riferisco a ciò che si fa ma a come si percepiscono le cose. Tutto può essere compreso a diversi livelli, Tom tendeva a posizionarsi su quelli più superficiali, inoltre era anche abbastanza presuntuoso, una miscela micidiale, da maneggiare con la massima attenzione, quella che non mi avrebbe concesso se non fossi riuscito a spiazzarlo. Prevedevo che mi avrebbe ascoltato con aria critica, sarcastica, supponente, liquidandomi alla fine con un "le faremo sapere". Non potevo permettermelo.

«Prego, si accomodi» ha detto guardandomi con sufficienza, quasi infastidito.

Mi sono accomodato.

«Mi dica.»

«Si può fare» ho detto, con tono deciso.

«Cosa si può fare? Non la seguo» mi ha chiesto Tom, perplesso della mia sicurezza. Si aspettava il ragazzino timido e accondiscendente di fronte a un guru della pubblicità.

«La mia idea per la nuova campagna della Coca-Cola. Ho trovato una società cinese che dispone della tecnologia per realizzarla.»

«Ma di che cosa sta parlando, mi scusi, e poi lei chi è, come sa della campagna per la Coca-Cola, come fa a conoscere David?» mi ha aggredito, con un tono brusco. La tipica forza dei deboli.

«Calma calma, una cosa per volta... Ma il dottor Costello non le ha detto niente?» gli ho chiesto guardandolo dritto negli occhi, in segno di sfida. Lui ha avuto l'istinto di abbassare i suoi, l'ho percepito nettamente, non lo ha fatto solo perché aveva di fronte me, cioè lui. Lo dominavo già, come al solito, come sempre. Non era difficile peraltro.

«No, temo di no, o perlomeno non so... non ricordo... forse.» Era già in crisi, si sentiva sminuito ai miei occhi dall'eventualità che "il dottor Costello" non gliene avesse parlato.

«Guardi, se glielo avesse detto se ne ricorderebbe senz'altro, però allora forse è meglio che prima ne parli con il dottor Costello.» Ho fatto per alzarmi. Un bluff che sapevo sarebbe venuto a vedere.

«Un attimo, un attimo, aspetti. Mi creda, in questo momento il dottor Costello ha altro a cui pensare, mi spieghi bene la cosa, intanto qui comando io.»

"Ah, comandi tu, eh? Ma fammi il piacere."

«D'accordo, mi chiamo Sean Meursault...» ho sparato il primo nome che mi è venuto in mente, il cognome invece è quello del protagonista dello *Straniero* di Camus (altro titolo attinente al mio stato d'animo), che avevo appena iniziato a rileggere quella mattina. «Ho conosciuto il dottor Costello circa otto mesi fa, mi ero presentato da lui, proprio qui in agenzia, per proporgli una mia idea. Ne era rimasto entusiasta, mi aveva detto che sarebbe stata perfetta per la vostra prossima campagna per la Coca-Cola.»

«Addirittura perfetta! E quale sarebbe quest'idea mirabolante?»

«Un momento, ho girato mezzo mondo per verificare che qualcuno fosse tecnicamente in grado di realizzarla, gli accordi col dottor Costello erano che, se tutto fosse andato in porto e quelli della Coca-Cola avessero accettato, mi avrebbe assunto. Questo vale anche per lei?»

Volevo stuzzicarlo ancora un po', ci stavo prendendo gusto, gli avevo fatto questa domanda solo per rendere credibile la cosa.

«Naturalmente, se era d'accordo con David...» ha detto Tom. Non era vero, probabilmente non lo avrebbe fatto, magari lo avrebbe fatto solo per prendersene il merito. Ma non m'interessava ovviamente, l'importante era poter presentare alla riunione la mia idea a quelli della Coca-Cola, e riuscire a rinnovare il contratto, vitale per la nostra agenzia. Poi ci avrei pensato io, ma fino a quando non fossi tornato dalla mia "vacanza" sull'Atlantico e tutta la storia non fosse stata resa nota, avevo le mani legate. Giuro, se non ci fosse stata di mezzo la mia partenza, in attesa di rivelarmi, mi sarei fatto veramente assumere, magari dopo aver garantito a Tom la sua bella figura con quelli della Coca-Cola. Non solo mi sarei sicuramente divertito parecchio, ma avrei anche tenuto sotto controllo il mio pericolosissimo socio.

«Ok. Allora stia a sentire, l'idea è questa...»

Ho fatto una pausa melodrammatica e poi ho ripreso a parlare: «Proiettiamo il logo della Coca-Cola indovini un po' dove?». Tom mi ha risposto con una espressione interrogativa, e allora ho continuato trionfante: «Sulla Luna!».

Ho atteso qualche secondo, poi ho ripreso, a razzo: «Il mese migliore sotto tutti i punti di vista è dicembre... e peraltro i cinesi per essere operativi hanno bisogno ancora di quattro, cinque mesi, aspettiamo il plenilunio, che neanche a farlo apposta cade proprio sotto Natale, e spariamo la scritta Coca-Cola sulla superficie lunare. Sarà una bomba, ne parlerà tutto il mondo. Dovrà essere una cosa improvvisa, da lasciare tutti con il naso in su a guardare il cielo. Cosa ne pensa?»

Tom ha atteso un po', prima di recuperare le forze, poi ha detto:

«Mi pare di aver già sentito parlare di qualcosa del genere, forse, ora che ci penso, proprio da David, ma non avevamo dato importanza alla cosa perché credevamo non fosse realizzabile...». Ho ammirato la penosa bugia, mentre lui concludeva: «E l'idea in sé, non vorrei deluderla, ma non mi sembra poi così originale». Cercava di fare l'imperturbabile, era una sua tattica, che conoscevo bene e che lui applicava sempre nei momenti meno opportuni. Sminuire le idee degli altri per poi appropriarsene e fare qualche correzione, destinata solo a peggiorarle.

Ho fatto finta di niente.

«Bravo, ha detto bene, a chiunque guardando la Luna può venire in mente un'idea del genere, ci sarà anche il testo di qualche canzone... *Se potessi scriverei il tuo nome sulla Luna, oh yeah!* Ma un conto è l'idea, un altro è riuscire a realizzarla, e noi, mi creda, siamo in grado di farlo, e soprattutto saremo i primi, a chi ci seguirà resteranno le briciole. Non so se la Luna diventerà mai un gigantesco cartellone pubblicitario o se la cosa prima o poi verrà vietata, ma a noi questo non interessa, noi intanto facciamo il blitz.»

«Quanto ci costa?» ha detto Tom, fingendosi pragmatico.

«Qui viene il bello... Niente, o quasi. Sono già d'accordo con Claude Chabrol, l'amministratore delegato dell'azienda cinese. Faranno il botto con noi ed è certo che ne avranno un ritorno pubblicitario incredibile. Anche loro hanno interesse che il logo sia importante, la Coca-Cola è l'ideale. Come le ho detto, la proiezione in sé non costa nulla, è stata la tecnologia per produrla che è costata... Ma non ho finito, per amplificare l'effetto, finché ci sarà la Luna piena, non verrà rilasciata nessuna dichiarazione, né da parte nostra né da parte loro. Nessuno potrà stabilire la provenienza della scritta perché la fonte non è identificabile...»

«E la fonte dov'è?» mi ha interrotto Tom, sempre più interessato, «in Cina?»

«No, in Cina c'è la stanza dei bottoni, la fonte è satellitare, ma queste sono cose che poi le spiegheranno meglio i cinesi. Quello che ci interessa è che il mondo impazzirà a chiedersi come sia stato possibile. Attenzione, perché tempesteranno l'ufficio stampa della Coca-Cola, e temo anche l'agenzia, per sapere qualcosa di più. Naturalmente, no comment, facciamoli sfogare, dire quello che vogliono, sarà tutta pubblicità, faranno il nostro gioco e quello della Coca-Cola. Per quanto ci riguarda, potrebbe essere stato pure un intervento divino, potrebbe averla scritta Lui! Anche Dio beve Coca-Cola. E questa se la segni, che magari le viene bene in seguito. Poi, appena la Luna comincerà a calare oltre il cinque per cento, che è il margine bilaterale entro il quale proietteremo la scritta, che sarà comunque progressivamente centrata – anche l'occhio vuole la sua parte! –, il logo scomparirà e noi partiremo con una campagna pubblicitaria asfissiante e però semplicissima, intanto quello che doveva succedere sarà già successo. Apparirà una scritta su tutti i media, bianca su sfondo nero: "Coca-Cola, la prima bibita sulla Luna". Il messaggio, già ottimo di per sé, sarà ancora più efficace perché ricorda una frase che tutti gli abitanti del pianeta hanno in testa da centocinquanta anni... "Il primo uomo sulla Luna." E lei, signor Harris, sarà il primo pubblicitario sulla Terra!»

Ora Tom, solleticato nel suo narcisismo, aveva mollato gli ormeggi. Era visibilmente eccitato. Ma anch'io ero piuttosto gasato, così mi sono dimenticato di essere *lui* e mi sono lasciato scappare:

«Qual è il giorno che abbiamo fissato per la riunione con quelli della Coca-Cola?».

«Il 18 aprile alle 11» ha detto Tom, forse un po' perplesso per quell'"abbiamo".

«Bene, lo farò sapere a Claude Chabrol: è indispensabile che partecipino anche loro per illustrare l'aspetto tecnico. Spero di esserci anch'io, ma devo ripartire per qualche settimana e in ogni caso la mia presenza non è necessaria, sono sicuro che tutto filerà liscio anche senza di me. Tu però dovrai chiedere il triplo, perché la metà dovremo darla ai cinesi. Questi sono gli accordi, qualsiasi sia la cifra che spunteremo la metà sarà loro, per questo ti ho detto che non ci costa *quasi* niente, del resto noi guadagneremo comunque di più. Mi raccomando, non devi cedere, se vogliono chiudere devono aprire il portafoglio. Loro hanno fatto i furbi minacciando di toglierci il contratto se non li avessimo convinti? Bene, noi li ripaghiamo con la stessa moneta. Se hanno qualcosa da eccepire non c'è problema, gli dici che lo proponiamo alla Pepsi. Vedrai che accetteranno immediatamente. E soprattutto, non dire altro, non dire niente a nessuno, neanche in agenzia, parlane soltanto a Theresa, di lei ci possiamo fidare, anzi, fai in modo che sia lei a organizzare la cosa, non fare niente di testa tua...»

«Ehi, ehi, ehi, ma lei come si permette di parlarmi così? Come sa queste cose? Come fa a conoscere Theresa?» mi ha interrotto Tom.

Solo allora mi sono accorto di essermi lasciato prendere troppo... da me. In quel momento ero io, semplicemente io, non ricordavo di avere un altro aspetto! Mi era già successo, del resto, e la Gauss diceva che era un bene, anzi, il traguardo finale, ma forse questa non era l'occasione più adatta. Tom era confuso, lo capivo benissimo, pur nel suo costante obnubilamento mentale, aveva percepito qualcosa, *sentiva* di avere di fronte me, perché quello era il mio modo di rivolgermi a lui.

«Mi scusi, mi scusi» ho detto, «mi sono lasciato prendere dall'entusiasmo, è stato il dottor Costello a mettermi al corrente della volontà della Coca-Cola di non rinnovare il contratto se non li aveste soddisfatti in pieno, e sempre lui mi ha parlato delle capacità della vostra preziosa segretaria. Mi sono *immedesimato* un po' troppo, ma sa, sono quasi otto mesi che sto lavorando a questo progetto. Cerchi di capire la mia foga.»

Non sapevo che dire, come giustificare diversamente il mio comportamento. Per questo ho ripreso a razzo per evitare che mi ponesse altre domande:

«Adesso lei deve pensare solo a preparare la riunione, ha venti giorni di tempo, attivi i grafici, però non dica della proiezione neppure a loro: gli faccia credere che vi serve la scritta e stop, non si sa mai. Stesso discorso vale ovviamente per il committente, si assicuri che mantengano la massima segretezza, ma vedrà che ci arriveranno da soli. Il logo dovrà essere quello classico, mi raccomando, però, visto che si avrà la possibilità di proiettarlo con diversi colori, montiamo un video di forte impatto, facciamogliela vedere la Luna con su scritto Coca-Cola! facciamogliela toccare! All'inizio della riunione, prima di qualsiasi discorso, faccia calare il buio nella stanza e spari un'immagine olografica della Luna con la scritta, così, di botto, senza spiegare niente, le spiegazioni semmai gliele darete dopo. Quando direte che siamo in grado di farlo davvero, rimarranno senza parole. Concorderete poi con loro se la vogliono solo nelle ventiquattr'ore di massima illuminazione del disco lunare o per un periodo più lungo. Ma questo lo si può decidere al momento, in relazione anche alla visibilità nelle varie parti del mondo determinata dalle condizioni meteorologiche locali.»

«Cioè, si spieghi meglio, quanto lungo potrebbe essere questo periodo?»

«Be'... intanto, come lei mi insegna, la Luna incomincia a calare subito dopo l'attimo fuggente in cui il suo diametro è illuminato al cento per cento. Supponiamo che ciò avvenga alle ore X del tal giorno, secondo il meridiano di Greenwich naturalmente. I calcoli esatti ve li forniranno i cinesi. Noi iniziamo la proiezione dodici ore prima e la manteniamo nelle dodici ore successive. In questo modo: A. copriamo tutti i fusi orari, quindi tutte le notti del mondo; B. proiettiamo il logo nell'arco di tempo in cui si vede la Luna il più piena possibile. Durante quelle ventiquattr'ore dobbiamo però aspettarci vaste aree depressionarie in movimento sul pianeta, che impediranno agli abitanti di molte grandi metropoli di vederla, e allora noi, per ovviare a questo spiacevole inconveniente, in base alle previsioni meteorologiche, possiamo decidere di iniziare la proiezione in un qualsiasi momento fino a quarantott'ore prima dell'ora X e mantenerla per altrettante ore, durante le quali, di fatto, a occhio nudo, la Luna viene riconosciuta come "piena" e noi rientriamo in quel margine del cinque per cento di cui le dicevo, senza dover rimpicciolire la scritta. E questo lo dico perché almeno New York Londra Parigi Tokyo Pechino Mumbai e che so... Mosca bisognerebbe giocarsele tutte. Non vogliamo mica privare i russi della gioia di vedere Coca-Cola scritta sulla Luna!»

«Ma siamo sicuri che quando c'è la Luna piena a New York è piena anche a Mosca?» mi ha chiesto Tom, pensando di farmi la domanda del secolo.

«E certo che siamo sicuri! Le fasi lunari non dipendono dal luogo della Terra da cui le si osserva, ma dalla posizione della Luna rispetto al Sole. Ora non mi pare il caso di spiegarle le dinamiche esatte, ma si fidi. Ovviamente, con differenze sulla posizione della Luna rispetto al piano dell'orizzonte, ma soprattutto con la sostanziale particolarità che gli abitanti dell'emisfero australe la vedono rovesciata rispetto a quelli dell'emisfero boreale.»

Tom mi guardava attonito.

«Lo so a cosa sta pensando...» ho detto. Non era vero, o meglio sapevo che *non* stava pensando, era attonito e basta. «Lei sta pensando che in uno dei due emisferi si vedrà rovesciata anche la scritta.»

«Infatti» ha detto Tom, scuotendosi dallo stordimento e cogliendo al volo il mio assist.

«Questione superata. Proprio oggi ho avuto comunicazione dai cinesi che hanno risolto quello che in effetti era un problema da non sottovalutare. Tanto è vero che avevamo individuato una soluzione di riserva, vale a dire una scritta in movimento continuo lungo il diametro lunare, come fosse un trenino... Capisce cosa voglio dire?»

Tom ha annuito radioso, questa volta, con l'esempio del trenino, aveva capito benissimo.

«Però, insomma, se proprio fossimo stati costretti... Comunque non ce ne sarà bisogno, non so quale diavoleria si siano inventati i cinesi, ma mi hanno garantito che da entrambi gli emisferi vedranno il logo nel suo verso. Ma al di là di questo, per tornare ai tempi di proiezione, consideri che basterebbe anche una sola proiezione visibile per cinque minuti in una qualsiasi area del pianeta per far scoppiare un putiferio mediatico inimmaginabile. Si potrebbe perfino optare per una soluzione del genere, oppure per proiezioni brevi e mirate: il logo compare, resta acceso cinque minuti, poi si spegne, e poi si accende di nuovo fino a quando almeno per cinque minuti la maggioranza degli abitanti del pianeta abbia visto la scritta. Anzi, personalmente ritengo questa opzione la migliore, ma di queste cose discuterete con loro.»

Quando ho finito di parlare, mi sono abbandonato sulla sedia soddisfatto. Tom mi guardava interdetto, forse pensava a una burla colossale, oppure stava ancora cercando di capire.

«Le è tutto chiaro?» ho detto per scrollarlo dallo spaesamento.

Tom ha annuito poco convinto ma non avevo nessuna voglia di mettermi a fargli i disegnini.

«Benissimo. Allora, io mi occupo dei cinesi. Se non è convinto o crede che le stia mentendo, prepari una proposta alternativa, quella che avrebbe presentato comunque.» "Ammesso che ne avresti presentato una" ho pensato. «Se questo è uno scherzo, lei il 18 aprile non vedrà nessuno e proporrà la sua idea, non ha nulla da rimetterci, in fondo. O sbaglio?... Ora devo andare, mi faccio vivo io appena torno.»

Non gli ho concesso il tempo di replicare, mi sono alzato, l'ho salutato, ho girato i tacchi e sono schizzato via.

Prima di uscire dalla *mia* stanza, ho sentito Tom che balbettava:

«Mi... mi... faccia avere il suo curriculum».

«Il mio curriculum è quanto le ho appena detto. Non le basta?» gli ho detto. E sono uscito chiudendomi la porta alle spalle.

Sono passato davanti alla scrivania di Theresa, e senza quasi guardarla le ho detto:

«Mi raccomando, Theresa, segua bene questa faccenda della Coca-Cola. Tom le spiegherà, organizzi le cose lei, non si faccia mettere i piedi in testa, lei è migliore di lui, molto più brava di lui in questo lavoro. E impari a dire di no qualche volta, se lo merita».

Con la coda dell'occhio ho visto l'immagine di Theresa riflessa nello specchio davanti a lei. Mi guardava come fossi un marziano.

Per un attimo ho pensato di aver esagerato, sia con Tom che con Theresa. Forse avevo rischiato di mandare tutto all'aria, e invece no, sentivo di essermi giocato le mie chance al meglio, perché se c'è una cosa di cui mi sono reso conto, è che quando vivi, e capisci come funziona la vita, allora ti prende un senso di fatalismo, o forse di menefreghismo, che se ti comporti come credi, come ti viene, senza maschere o formalismi, sei una persona migliore. A quel punto non t'interessa quel che pensano gli altri di te, anche perché, se non sei un imbecille, quasi sempre pensano bene, visto che anche loro vorrebbero essere così, schietti e diretti, ma non ne sono capaci. E io queste cose adesso le sapevo a vent'anni!

Sono uscito. Sono sceso a piedi, giù per le scale, quarantadue piani di scale, scendevo che era una bellezza.

Mi sono avviato verso casa, camminando a passo spedito. Ho salutato il portiere che, devo dire, mi ha guardato con un certo sospetto. L'idea che fossi l'amante di Ellen doveva infastidirlo, gli ero simpatico, cioè David Costello gli era molto simpatico, anche per le mance che gli lasciava. Sono entrato nell'appartamento e subito Zak mi è corso incontro, mi ha fatto le feste, scodinzolava. Ho pensato ma sì, te l'avevo promesso. Gli ho infilato il guinzaglio e l'ho portato fuori. Di nuovo il portiere mi ha guardato con sospetto. Forse l'idea che, oltre alla moglie di David, mi fossi appropriato anche del suo cane lo irritava, visto che, quando né io né Ellen potevamo, chiedevamo a lui di fargli fare un giretto, dietro lauta ricompensa, naturalmente.

Avevo fame, non avevo ancora mangiato niente dalla mattina. Siamo andati fino al bar nel parco vicino a casa nostra. Ho divorato di gusto tre hot dog (e altrettanti ne ha divorati Zak) e tutta una serie di altre schifezze, roba che se l'avessi ingurgitata un anno prima sarei stato male per due giorni interi. Ho bevuto tre birre (Zak dell'acqua però). Ho guardato l'ora, erano le quattro, Ellen non sarebbe tornata fino a sera. Abbiamo gironzolato un po' per il parco, poi ci siamo sdraiati sull'erba, all'ombra di una grande quercia, la stessa dove ogni tanto ci stendevamo con Ellen. Ho osservato la luce filtrare dalle foglie. Stavo bene, sentivo il soffio di un vento leggero sulla pelle e il sole mi scaldava. Ho chiuso gli occhi. Mi sono addormentato di schianto. Mi sono svegliato solo perché ho sentito Zak che mi leccava la faccia. Era buio. Ho guardato l'ora, le dieci. Siamo corsi a casa e davanti al portone ho visto una macchina della polizia con i lampeggianti accesi. Ellen stava parlando con la Gauss e Spacek. Avevano paura che mi fossi suicidato.

Prima ho visto Zak che trotterellava

Prima ho visto Zak che trotterellava, e a dieci metri David, che trotterellava anche lui. Si è presentato come se nulla fosse, e con quell'aria un po' guascona che ultimamente gli viene ha detto:

«Tranquilla, è tutto a posto, ero andato a fare un giretto con Zak nel parco, ci siamo distesi all'ombra e ci siamo addormentati, tutto qui».

Poi, rivolgendosi alla Gauss e a Spacek, ha detto:

«Anche voi non vi dovete preoccupare, ora ve lo dirò una volta per tutte, aprite bene le orecchie: non ho nessuna intenzione di suicidarmi, proprio nessuna, l'idea di suicidarmi non mi passa neanche per l'anticamera del cervello, visto che almeno quello è lo stesso di sempre e so come funziona, quindi rilassatevi e tornatevene pure a casa che David Costello è felice».

«Ma, David» ho detto, «ero preoccupata!»

«Scusa, Ellen, hai ragione, a casa ti spiego.»

Poi si è di nuovo rivolto ai medici:

«E ora, se ci volete scusare, mia moglie e io ce ne torneremmo volentieri a casa...».

Sull'ascensore non ci siamo rivolti la parola, lui scherzava con Zak, giochicchiava col guinzaglio, si guardava intorno, mancava poco che fischiettasse. Io mi trattenevo, non avevo voglia di iniziare discussioni col rischio che l'ascensore si fermasse ed entrasse qualcuno.

Appena chiusa la porta di casa non ce l'ho fatta più:

«Dove sei stato, si può sapere?».

E lui, angelico:

«In agenzia, in incognito, a parlare con Tom, su quella faccenda della Luna, ricordi?».

«Quale faccenda della Luna?» ho detto. Ero furibonda, in quel momento non mi veniva in mente nessuna faccenda della Luna.

«Ma sì, l'idea di proiettare il logo della Coca-Cola sulla Luna, Claude ce l'ha fatta! L'ho saputo alle due, tu eri al lavoro, non potevo aspettare, era troppo importante, i tempi per la riunione con quelli della Coca-Cola sono già abbastanza stretti, così sono andato in agenzia a spiegare la cosa a Tom, senza farmi riconoscere, naturalmente. Gli ho raccontato un sacco di balle, che lui s'è bevuto fino all'ultima goccia, dovevi vedere la faccia che aveva... Poi ti spiego, ora fammi fare una doccetta» ha avuto il coraggio di dire.

«Una doccetta? Ma ti rendi conto? Sono rientrata alle sette e tu non c'eri, e non c'era neppure Zak. Ho pensato subito che dovevi aver fatto di testa tua e averlo portato fuori, ma poi continuavi a non arrivare, ti ho cercato, ma eri irreperibile. Non mi hai avvisato, non mi hai detto niente, proprio tu che se ritardi di cinque minuti mi chiami subito perché non vuoi che mi preoccupi, è sempre stato così tra noi, no? Lo sai che sono apprensiva su queste cose, che ci vuol poco... l'hai sempre fatto, mi prendevi anche in giro... e stavolta che, insomma... ci siamo capiti... Cosa fai? Esci, te ne vai addirittura in agenzia, e non me lo dici, e poi, come se non bastasse, ritorni alle dieci di sera, alle dieci di sera, dico! Così, trotterellando! Ho chiamato Jenny, per sapere se per caso almeno lei ti avesse sentito, ma niente, non sapeva niente, mi ha detto che non la chiami da tre giorni, tra l'altro, e che anche quando è lei a chiamare sei sbrigativo, sembra quasi ti dia fastidio.»

«Fastidio?» ha detto con la faccia di uno che cade dalle nuvole.

«Sì, fastidio.»

«Parla lei che quando è venuta a trovarmi in ospedale non è mai riuscita a chiamarmi papà.»

«Va bene, d'accordo, ma lasciamo perdere adesso, non è di nostra figlia che voglio parlare... Ho aspettato, sempre più preoccupata... le otto... le otto e mezza... le nove, Dio santo! Ero sicura che ti fosse successo qualcosa ormai, allora ho chiamato la Gauss, e quelli si sono spaventati ancora più di me.»

«Ti ho detto che mi sono addormentato, nel parco, sotto una quercia, sai quella quercia dove...»

«Non me ne frega niente della quercia! Chissenefrega della quercia! Come posso immaginare che tu ti vada ad addormentare nel parco sotto una quercia! Ero preoccupata... io!»

«Anche tu con la storia del suicidio? Mettetevelo bene in testa, non mi su-i-ci-do!»

«Lo so, lo so! Però sparisci, non mi avvisi, alle dieci non sei ancora rientrato, ho pensato che magari fossi sceso con Zak, così, a fare un giretto, e poi ti fosse successo qualcosa, che so, un incidente, mi preoccupo *io*, se non ti dispiace.»

«Eh sì, un incidente» ha detto lui, insofferente.

«Senti, David, io non ce la faccio più, sei cambiato, non sei più la stessa persona, vedo che pensi solo a te, alle tue cose, passi ore a navigare al computer e so benissimo cosa cerchi, anzi *chi* cerchi, quando parliamo sei vago, ti *accendi* solo se parliamo di *lui*, non c'è più nessuna complicità tra noi, non hai mai voglia di spiegarmi come stai, come ti senti.»

«Sono due mesi che spiego a *chiunque* come sto e come mi sento, basta, sono stufo di spiegare come sto e come mi sento a tutto il mondo.»

«Ma io non sono tutto il mondo!»

«Sì, d'accordo, ma lo devo capire io per primo semmai, come mi sento. E poi anche tu, non pensare di agevolare la cosa... Tu sei cambiata più di me, non penserai mica di essere sempre la stessa di prima... con me, non riesci quasi ad abbracciarmi, sei tesa, rigida, sfuggi il mio sguardo. Certe volte mi tratti come fossi tuo figlio. La sera, quando vengo a letto, mentre mi spoglio non riesci a guardarmi, me ne accorgo, sai? Fai finta di leggere o di dormire, mi osservi solo quando pensi che non ti veda. Io di notte *muoio* di caldo, ma non mi va di dormire nudo perché *sento* che tu saresti a disagio, ti sembra normale dopo cinquant'anni di matrimonio? Ieri mattina sono entrato in bagno mentre tu eri appena uscita dalla doccia e ti sei stretta nell'accappatoio, hai avuto vergogna, ti rendi conto? Hai avuto vergogna di me... o di chi?»

Mi è venuto da piangere.

«Hai ragione» ho detto, «ma non ce la faccio, è più forte di me, ti parlo e non riesco a vedere te, vedo lui, parli come lui, ti muovi come lui, cioè non come lui, non lo sappiamo come si muoveva lui, ma sicuramente non parli e non ti muovi come ti muovevi tu... e poi sei così giovane... così giovane... mi sento in imbarazzo a volte... a dis...»

Mi si sono strozzate le parole in gola, non riuscivo a dire che mi sentivo a disagio con mio marito, con lui, con David, con l'uomo con cui avevo sempre vissuto. Ma era vero. Come è vero che, quando è entrato improvvisamente in bagno, il mio primo istinto è stato quello di coprirmi. E ha ragione anche quando dice che non riesco a guardarlo mentre si spoglia, se lui sa che lo guardo. Provo imbarazzo nel guardare il suo corpo e pudore a mostrargli il mio. Mi è venuto da singhiozzare. Sono scappata in camera. Mi sono buttata sul letto. Speravo che David mi seguisse, che insistesse per continuare a parlare, che venisse a consolarmi almeno, e invece no. D'altra parte David non è mai stato tipo da lunghi discorsi, è sempre stato convinto che le persone che parlano troppo lo fanno perché non hanno niente da dire, o perché sono in malafede. Sarà anche per via del suo lavoro, ma secondo lui per aiutare davvero una persona spesso basta una sola frase, purché illuminante. Eppure quell'unica frase lui non me l'ha mai detta, o forse in questo preciso caso una frase, per quanto illuminante, non può bastare. Forse basterebbe un gesto, ma lui non ha mai fatto nemmeno quello.

Ho sentito che si faceva la doccia. Ero arrabbiata, snervata, impaurita. Mi sono addormentata, sola.

Mi sono fatto la doccia

Mi sono fatto la doccia. Mi sono lasciato cadere il getto caldo sulla fronte. Sono stato qualche minuto così, con gli occhi chiusi, la testa reclinata all'indietro e l'acqua calda che mi portava via i pensieri. Ho concentrato la mia mente solo su quello, sull'acqua, e sulle sensazioni che mi dava. Le ho assaporate, gustate fino in fondo.

Mi sono fatto la barba. Più che altro per impegnarmi in qualcosa. Ho notato che i capelli stavano crescendo in fretta. Li avevo neri, più neri di come li ricordavo quando li avevo visti la prima volta, nell'immagine olografica inviatami da Spacek, quando erano ancora i suoi, del ragazzo. Li ho toccati, erano fini, e pensare che i miei erano tutto l'opposto. Ho guardato il tatuaggio sulla spalla destra, l'ho sfiorato con la punta delle dita. Ho pensato che mi piaceva. Io non avevo tatuaggi, anche se avevo sempre desiderato farmene uno. Strano modo di tatuarsi, ho pensato, invece di tatuarmi la pelle mi sono messo direttamente la pelle tatuata. Ho infilato l'accappatoio, ho provato piacere nel sentire quanto era morbido. Sono andato in cucina a prepararmi qualcosa da mangiare. Mi sono impegnato nella *costruzione* di un sandwich di grande spessore, anche gastronomico. Ho aperto una bottiglia di vino rosso e ne ho bevuto un bicchiere, poi un altro. Ho dato da mangiare a Zak. Ho mangiato io, lentamente, masticando piano, sorseggiando il vino. Concentrandomi sui sapori, e su tutti gli aromi del vino. Che mi ubriacava, un po'.

Sono andato nel mio studio. Mi sono seduto davanti al computer e ho scritto a Claude.

Caro Claude,

la riunione con quelli della Coca-Cola è fissata per il 18 aprile alle 11. Confermami per cortesia la tua disponibilità perché è fondamentale che tu o qualcuno dei tuoi sia presente. Io non ci sarò, ho impegni improrogabili, in quei giorni sarò via. Forse, ma non è detto, ci sarà un mio collaboratore personale, esterno all'agenzia, per ora. È un ragazzo molto giovane ma in gamba, si chiama Sean Meursault. Nel caso parla pure con lui di tutto, sarà come se parlassi con me. Quando arrivate, meglio se una mezz'ora in anticipo, giusto per concordare gli interventi, chiedi di Tom Harris, il mio socio, un imbecille, ma questo mi pare di avertelo già detto. Se non c'è Sean, affidati a Theresa, la nostra segretaria, è molto in gamba. Non chiedere di me! Fammi un favore, se Tom o Theresa ti domandano qualcosa su come è nata la cosa, devi dire che hai sempre avuto contatti con questo Sean, che è venuto lui in Cina qualche mese fa a proporti l'idea e tu l'hai realizzata. Non raccontare tutta la storia, non dire che ne abbiamo sempre parlato io e te, anzi, ti chiedo la cortesia di non nominarmi neppure. Comportati come se non mi conoscessi! Scusa se faccio il misterioso, ma più avanti, quando ci vedremo, ti spiegherò ogni cosa.

Ciao, D.

Claude mi ha risposto di sì, su tutto. Non mi ha chiesto niente, ma questo lo sapevo già, l'amicizia è fatta anche di queste cose: non chiedere, ad esempio. E sapevo anche che per nessun motivo al mondo si sarebbe tradito. Ho chiuso gli occhi e ho pensato, bene, questa è fatta. Potevo andare alla riunione come non andarci, non ci sarebbero stati comunque intoppi, Tom non avrebbe potuto fare danni. Certo, ho pensato, andarci sarebbe divertente, magari lo farò, vedremo, il giorno prima mi porrò il problema, in quel momento avevo altro a cui pensare, questioni più importanti e per niente divertenti. Mi sono alzato. Ho guardato l'ora, quasi mezzanotte. Mi sono vestito, ho visto Zak che dormiva beato nella sua cuccia, cioè la mia poltrona, che quando non ci sono diventa sua, e sono uscito. Ho camminato per tutta la notte nel parco. Camminare in un luogo silenzioso mi ha sempre stimolato i pensieri, aiutato a ragionare. Ho pensato a Ellen e me, al nostro rapporto, a quello che era successo, a quello che poteva succedere, a come aggirare questo muro, visto che non si riusciva a distruggerlo, per ora. Ho capito, o almeno ho creduto di capire, qual era la scelta migliore da fare. L'unica che forse avrebbe smosso qualcosa, nel bene o nel male.

Sono tornato a casa che cominciava ad albeggiare. Ellen dormiva. Zak anche. È un vecchio bestione un po' sordo, ormai, non mi ha neppure sentito rientrare. Ho aspettato che arrivassero le sette navigando in rete per cercare quello che mi interessava. Ho preparato la colazione a Ellen, l'ho sistemata su un vassoio, sono entrato in camera, mi sono seduto sul letto, accanto a lei.

«Ellen» ho detto, «svegliati, è quasi ora di andare al lavoro, ti ho portato la colazione.»

Lei si è tirata su subito, forse era già sveglia.

«Grazie, David» ha detto, senza riuscire a guardarmi negli occhi.

«Mi dispiace per ieri» ho detto, «hai ragione, è colpa mia, avrei dovuto avvisarti. Ed è stranissimo, incomprensibile che non l'abbia fatto. Forse è stato perché inconsciamente ho avuto paura che tu mi creassi dei problemi. O forse non è questo, in fondo lo so che non è questo. Il fatto è che non ci ho proprio pensato, prima non sarebbe sicuramente successo, e adesso a maggior ragione non doveva succedere. Voglio capire perché. David non l'avrebbe mai fatto. Ecco, è questo il problema: David non si sarebbe mai comportato così. Ma io non credo di essere un'altra persona, devo solo riuscire a ritrovarmi del tutto.»

Lei ha annuito.

«Mi hai fatto stare male» ha detto.

«Senti, Ellen» ho detto, «è tutta la notte che ci penso, credo che la cosa migliore sia che io parta da solo, tu mi raggiungerai quando avrai finito con il lavoro, tra una settimana.»

Lei finalmente ha alzato la testa e mi ha guardato. Aveva un'espressione allarmata, non so se per la paura, irragionevole, di lasciarmi da solo, o perché, più ragionevolmente, nonostante tutto, non si aspettava quel mio discorso. Ho continuato:

«Credo che sia importante per me stare un po' da solo, e anche per te forse... Dobbiamo capire se e come possiamo riuscire a superare questa cosa, io devo capire *di me* senza che nessuno mi chieda niente. Credo sia meglio staccarci per un po', del resto non l'abbiamo mai fatto, anche quando ero in ospedale venivi tutti i giorni a trovarmi e ci sentivamo quattro o cinque volte al giorno, per dirci *niente*, in fondo. E allora vorrei chiederti anche di non chiamarmi».

Sono stato un attimo in silenzio. Lei di nuovo non mi stava guardando.

«Guardami» ho detto, «vedi che non mi stai guardando?» Le ho alzato delicatamente il mento con il palmo della mano. Stava piangendo.

«Va bene» ha detto Ellen. «Quando vuoi partire?»

«Ora» ho detto.

«Ora?» ha detto lei.

«Sì, è inutile aspettare, c'è un volo tra due ore, l'ho già prenotato, se non hai niente in contrario, porto con me Zak, mi farà compagnia, intanto lui non mi farà domande.»

«Cosa diciamo alla Gauss?»

«Non le diciamo niente. Se chiama me, ci penso io. Se chiama a casa, le dirai che non ci sono, che sono uscito a fare una passeggiata, che va tutto bene. Se avesse bisogno di parlarmi, le dirai che la cercherò appena torno, mi avviserai e io la chiamerò, lei non saprà da dove, e anche se lo dovesse scoprire... capire, non importa, le diremo che abbiamo deciso così, potrei perfino dirglielo, siamo ancora padroni della nostra vita, o no? Comunque non succederà, non chiamerà, in fondo ha chiamato solo la mattina dopo la dimissione, ti ricordi?, voleva sapere se andava tutto bene e che effetto mi aveva fatto rientrare a casa, poi basta. Per questo si è così allarmata ieri, forse si sentiva in colpa per non avermi cercato, per non aver intuito, magari, che potessi stare male, ma ora è tranquilla, spero abbia capito che non ho nessuna intenzione di suicidarmi. Anche Spacek ha visto che sto bene fisicamente, tutto ciò che gli interessa di me è questo. In ogni caso devono aver già fatto il nuovo trapianto, oppure averlo in programma in questi giorni, ormai non gli servo più, qualsiasi cosa succeda non possono più tornare indietro.»

Ellen ha annuito e poi mi ha chiesto:

«Davvero vuoi che non ci sentiamo?».

«Sì, a meno che non succeda qualcosa di grave che devi dirmi per forza. È meglio, fidati, ci aiuterà, perché se ci ragioni abbiamo due problemi diversi ed è bene che ognuno si concentri sul suo, senza interferenze. Il tuo problema è riconoscermi, il mio pure, però capisci che nascono da situazioni e da esigenze opposte: io devo riconoscermi prima di tutto da dentro, tu da fuori. E poi può essere che il distacco, quello vero, la vera lontananza ci serva a superare questo senso di estraneità, se non altro a sentire ancora più forte il bisogno l'una dell'altro. Negli ultimi cinquant'anni della nostra vita in fondo non siamo mai stati un solo giorno senza vederci o sentirci...»

«Va bene, facciamo come vuoi tu, però ti voglio accompagnare all'aeroporto, almeno» ha proposto Ellen.

«Ok, ma come fai per il lavoro?»

«Li avverto che ritardo, per due ore faranno a meno di me, la Microsoft non fallirà.»

«Andiamo allora, prepariamoci» ho detto. Le ho dato un bacio sulla fronte. Lei mi ha accarezzato leggermente una guancia.

Sono stato dieci minuti immobile

Sono stato dieci minuti immobile, rapito, a fissare l'oceano. La vista dell'oceano mi emoziona sempre. Ma quel giorno non riuscivo a staccare lo sguardo da quell'immensa distesa di acqua. Non l'avevo mai visto fuori stagione, non qui almeno. Di solito veniamo in estate, sempre, tutti gli anni, tranne quest'ultimo perché a giugno mi hanno diagnosticato la Malattia ed è iniziato il calvario delle cure. Il mare era agitato, tumultuoso. Rifletteva il mio stato d'animo. Le onde si infrangevano sulla spiaggia. Bianca, deserta, così bianca e deserta che mi pareva ancora più lunga di quella che è. Tutt'intorno, il silenzio – perché lo scrosciare di quelle onde io lo percepivo come silenzio – era rotto soltanto dallo stridio dei gabbiani. La nostra casa è letteralmente una casa sull'oceano, dal mare la separa soltanto una striscia di spiaggia. È una vecchia casa, tutta in pietra e mattoni. Non è molto grande, ma non ce n'è una più bella, almeno per me, per noi. È stata ristrutturata più volte, eppure emana lo stesso fascino di sempre, la stessa solidità che le consente di affacciarsi come un balcone sul mare. Appartiene a Ellen, alla sua famiglia da quando è stata costruita, nei primi del Novecento. Su quella spiaggia la madre di Ellen l'ha vista correre quando era bambina ed Ellen e io abbiamo visto correre Jenny, e Jenny Amira, e almeno quattro generazioni della sua famiglia hanno visto sgambettare i loro figli.

Tirava vento ma non sentivo freddo. Avevo una gran voglia di entrare ma non riuscivo a spostare gli occhi dal mare. Si annunciava un temporale. E io restavo lì, sotto la veranda ad aspettare le nuvole che si stavano addensando in lontananza. Poi finalmente mi sono deciso, sono entrato in casa dopo così tanto tempo che non ci mettevo piede. L'ho riconosciuta, ho provato le stesse piacevoli sensazioni di sempre, di quando ogni estate rivedevo gli interni per la prima volta. L'ampio salone all'ingresso. Le grandi vetrate che regalavano una vista commovente sull'oceano. La cucina tinteggiata d'azzurro. Il mio studio e quello di Ellen. Il piccolo bagno al piano di sotto. Le due camere da letto al piano di sopra. E i due bagni. Sono entrato in tutte le stanze, quasi volessi sincerarmi che nulla fosse cambiato, che non fosse cambiato il modo in cui le vedevo. Zak mi seguiva, mansueto. Ho tirato un sospiro, potrei dire di sollievo, ma era soprattutto di stanchezza. Mi sentivo sfiancato. Erano due notti che non dormivo. All'improvviso tutto il peso di quello che avevo passato l'ho sentito premere sulle spalle.

Robuste, va bene, ma non al punto da sopportarne il carico. Ho dato da mangiare a Zak, quell'unica porzione che avevo con me, gli ho versato da bere in una ciotola e mi sono buttato a letto vestito. Se Zak avesse avuto bisogno di uscire avrebbe saputo come fare, potevo dormire quanto volevo. Ho dormito per venti ore. Mi sono svegliato, qualche volta, ma non riuscivo ad alzarmi, e mi riaddormentavo subito. Povero Zak. Eppure sembrava capire, e se ne stava tranquillo, sdraiato ai piedi del letto, senza disturbare, senza leccarmi la faccia per provare a svegliarmi.

Erano le undici di mattina quando siamo usciti, affamati, per andare a cercare qualcosa da mettere sotto i denti. La casa è isolata, ce ne sono altre prima e più avanti, una è quella di Claude, ma il paese più vicino, un piccolo paese di pescatori, dista tre chilometri. Li abbiamo fatti a piedi, quasi correndo. Siamo entrati nell'unico ristorante dell'unico albergo, che aveva appena aperto, e ci siamo abbuffati. Poi siamo andati a fare provviste. Una macchina intera di provviste, quella di Bacher, il proprietario dello spaccio che ci ha riaccompagnati a casa. Mi conosceva bene. Erano anni che andavo a comprare da lui. Quando gli ho detto dove avrebbe dovuto accompagnarmi mi ha chiesto piuttosto sospettoso come mai abitassi a casa dei Costello. Gli ho risposto che ero un caro amico di Amira e che me l'avevano prestata per qualche tempo. E che in cambio gli avrei tenuto Zak. Appena ha sentito i nomi di Amira e di Zak si è tranquillizzato. Ho sistemato tutto negli scaffali. Quando ho finito, mi è venuta voglia di esplorare di nuovo la casa, ma questa volta non mi sono accontentato di guardare le stanze, sono andato a frugare in ogni cassetto, in ogni armadio, in ogni ripostiglio, sempre con il desiderio di ritrovare qualcosa di me, di noi. E ne ho trovate tante di cose che mi ricordavano il passato, il nostro passato. Un anello che Ellen cercava da sempre, un vecchio giocattolo di Jenny, certe magliette che indossavo soltanto lì e ogni anno riscoprivo con piacevole stupore perché mi ero dimenticato di possederle, una piccola fisarmonica a bocca che ogni tanto provavo a suonare, facendo ridere tutti perché non ne ero capace, ci parlavo dentro, in pratica. Ho sfogliato un vecchio libro dalle pagine ingiallite, intaccate dall'umidità, mi sono rimproverato di averlo dimenticato lì, prezioso com'era, in tutti i sensi. Era *Viaggio al termine della notte*, di Céline, e mai titolo poteva essere più appropriato, per me. Ne ho riletto l'incipit, strano e bellissimo: "È cominciata così. Io, avevo mai detto niente. Niente. È Arthur Ganate che mi ha fatto parlare. Arthur, uno studente, un fagiolo anche lui, un compagno". L'ho riposto sul comodino accanto al letto rimandandone la lettura alla sera.

Siamo usciti. Il tempo ora si era rimesso al bello, il mare, benedetto lui, si era calmato. Mi sono sempre chiesto come fa il mare a calmarsi e ad agitarsi così in fretta, come fa a cambiare così in fretta d'umore. Io lo preferisco quando è calmo, quando ti sembra impossibile che possa esserlo così. Allora, guardandolo, e lo guardo sempre con attenzione, o meglio trasporto, o forse voracità, stento a starne fuori, vorrei entrarci e farne parte. Essere il mare. I pesci che ci nuotano dentro. Ecco perché amo questa casa, perché qui è come se fossi dentro al mare. Se è vero, come *è* vero, che la vita ha avuto origine nel fondo dei mari, allora solo lì potrà finire. Saranno gli oceani a seppellirci, e sarà un buon modo di morire.

Abbiamo corso un po', giocato con una pallina che io gli tiravo e lui non mi riportava, così dovevo rincorrerlo e strappargliela dalla bocca, ma Zak me la lasciava prendere, perché sapeva che gliel'avrei ritirata subito. Poi mi sono seduto sulla sabbia, a riflettere. Ho pensato, se non fosse successo tutto questo, oggi probabilmente sarei morto, o morente, quasi del tutto asciugato dalla Malattia, perché la Malattia ti uccide così, asciugandoti. Ogni tanto passava qualcuno che correva. Quella è una spiaggia lunga cinque chilometri, molti ci vengono a fare footing, d'estate è un via vai continuo. Ora solo poche persone, ma qualcuno passava, io non ci facevo quasi caso, erano ombre che mi scorrevano davanti. Zak continuava a gironzolare lì intorno, spariva ogni tanto dietro le dune, e mi portava qualcosa che aveva trovato. Intanto il sole stava tramontando.

Zak è corso incontro a una ragazza

Zak è corso incontro a una ragazza che stava passeggiando sulla spiaggia. Camminava proprio davanti a me, sfiorando con i piedi la battigia, attenta a non bagnarsi. Me ne sono accorto perché ho sentito Zak abbaiare, altrimenti, tutto preso com'ero dai miei pensieri e dal mare, anche la ragazza sarebbe stata un'altra ombra che mi scivolava davanti. E me ne stavano passando di ombre davanti, mica solo umane.

«Zak, vieni subito qui» gli ho gridato.

«Non importa» ha detto la ragazza. «Che bel cane! Ho capito bene, si chiama Zak?»

«Sì, Zak!» ho risposto con un tono di voce un po' alto, nella speranza che quel disgraziato tornasse da me. Neanche per sogno.

Lo ha accarezzato. Zak le faceva le feste, scodinzolava.

«Io mi chiamo Maya» ha detto, avvicinandosi e porgendomi la mano.

«Io David» ho detto stringendo la sua. Il suo sguardo mi ha lasciato senza fiato, e al tempo stesso, toccandole la mano, ho sentito come un brivido. Ho fatto per alzarmi, piuttosto confuso da quello strano brivido che mi aveva percorso la schiena, ma lei ha detto no no, stai pure seduto, mi siedo io, se posso, sono un po' stanca.

«Certo che puoi» ho detto.

Si è seduta di fianco a me. Zak le si è accucciato accanto, a godersi le carezze che lei continuava a fargli.

«Sei di qui?» ho detto ancora.

«No» ha detto lei, «diciamo che sono in vacanza, fuori stagione, lo so, ma avevo bisogno di stare un po' da sola.»

"Anch'io" ho pensato, ma non gliel'ho detto.

Era bellissima, avrà avuto più o meno la mia età, diciamo, aveva occhi così intensi come non mi capitava di vedere da tanto tempo. I capelli li teneva raccolti dentro una cloche nera da cui uscivano alcune ciocche, nere anche quelle.

«Di dove sei?» le ho chiesto.

«Di New York.»

«Ma non hai l'accento americano, mi pare» ho detto.

«Sono nata in Messico, mia madre è messicana, ho vissuto a Monterrey fino a quando avevo dieci anni. E tu?» mi ha chiesto lei.

Io non lo so perché, ma le ho detto sono di qui, abito in quella casa, e gliel'ho indicata, girandomi. Lei ha fatto wow!

Mi ha detto ci abiti con i tuoi genitori? Le ho detto no, senza aggiungere altro. Credo di essere leggermente arrossito. Lei mi ha guardato con un'espressione sorpresa, come se fosse impossibile che un ragazzo così giovane potesse permettersi una casa così bella. E allora io, quasi per giustificarmi, ho detto i miei genitori sono morti. E questa volta non sono arrossito perché era vero. Lo so, avrei potuto trovare una scusa meno drammatica – visto che tra l'altro mio padre è morto a centodue anni e mia madre a centoquattro –, ad esempio che erano partiti per lavoro o in vacanza, o che l'avevo presa in affitto, o chissà che altro, ma tant'è, quella è stata la prima cosa che mi è venuta in mente. Lei, rabbuiandosi appena, mi ha detto scusa mi dispiace e fortunatamente non è tornata più sull'argomento.

Siamo stati a parlare per un po' del posto, del mare, e di Zak soprattutto. Lo capiva che ci stavamo interessando a lui e si sentiva importante. Io continuavo a essere abbastanza incantato da lei, da come parlava, da come muoveva le mani, da come sorrideva. Sicuramente stare con lei non mi permetteva nessuna distrazione, nessun altro pensiero, ero concentrato su di lei, sulla sua bellezza. Che era bellezza anche nel modo di fare, di muoversi, di parlare, di entrare subito in confidenza, con semplicità, senza fronzoli o pose. Io lo chiamo "buon sangue".

«Ora devo andare» ha detto a un certo punto, approfittando di un attimo di silenzio. «Vado a mangiare un boccone. Ho preso una stanza in paese, nell'unico albergo che c'è, magari ci rincontriamo.»

«Magari» ho detto facendo cenno di sì con la testa, poi, forse perché non volevo che se ne andasse, mi è venuto da dire:

«Se vuoi puoi mangiare qualcosa con noi, io e Zak saremmo onorati di invitarti a cena, vero, Zak?». Lui ha abbaiato, diavolo d'un cane.

Lei ci ha pensato un attimo e poi ha risposto:

«Ok, va bene, perché no? Però dammi un po' di tempo, giusto quello che mi serve per fare una doccia e cambiarmi, è tutto il giorno che sono in giro. Ho una macchina qui dietro, l'ho affittata in paese, non ci metterò molto, tra un'ora sarò da te».

«Intanto ti preparo qualcosa di buono» ho detto, «ti va un cous cous con pollo e verdure?»

«Ma lo sai cucinare?»

«Sono il re del cous cous con pollo e verdure!» ho detto.

Si è messa a ridere, aveva denti bianchissimi.

Sono tornato a casa

Sono tornato a casa e mi sono messo subito a preparare il cous cous. Ero eccitato come un ragazzino... Come?

Sembrerà strano, ma la cosa che mi intrigava di più era poter finalmente parlare con una persona che non sapesse nulla di me, che non fosse in qualche modo prevenuta nei miei confronti, condizionata da quel che mi era successo. Dal giorno dell'operazione tutti coloro con cui avevo parlato, a partire dalla dottoressa Gauss, passando per gli operatori dell'ospedale, per finire con Ellen, sapevano, e interagivano con me di conseguenza, quasi fossi una specie di alieno: da studiare nel caso della Gauss, da riconoscere come *terrestre* nel caso di Ellen, ma riconoscere un alieno come terrestre non è semplice.

Naturalmente mi intrigava Maya, non posso negarlo, mi intrigava il suo fascino e quel brivido che avevo sentito lungo la schiena dandole la mano. Mentre trafficavo con le verdure e tagliavo il pollo a pezzetti e sorseggiavo del vino rosso, pensavo a queste cose, a quel che avrei potuto raccontare a Maya se mi avesse fatto altre domande sulla morte prematura dei miei genitori (o all'eventualità di chiudere subito l'argomento con un: "È stato un incidente, ma se non ti dispiace preferirei non parlarne"), e pensavo a Ellen, soprattutto. Mi sentivo in colpa, però mi dicevo che non c'era niente di male, in fondo. Era già capitato che andassi a cena da solo con qualche donna, con qualche amica, ad esempio, o collega di lavoro, più spesso, anche molto carina. E non per questo...

Ricordavo tanti anni prima, una bellissima donna, capo ufficio marketing di una società francese. Era giovane – ma anch'io lo ero, non come adesso però –, aveva poco più di trent'anni e un fascino (quasi) irresistibile. Ci eravamo visti una sera, a cena, perché era sola in città e io volevo convincerla ad affidarci la loro nuova campagna pubblicitaria, e ci ero riuscito, ma senza finire tra le lenzuola, non l'avrei fatto mai, anche se quel giorno confesso d'aver avuto qualche tentennamento (e anche lei, forse più di un tentennamento, suppongo). Quella sera, quando tornai a casa, trovai Ellen sveglia, intenta a leggere un libro, e stupidamente, con fare ironico, mentre mi spogliavo per infilarmi a letto, le dissi: «Stasera per poco non ti tradivo». Lei sollevò gli occhi dal libro, mi puntò uno sguardo per niente divertito e mi disse, con un tono secco: «Perché non l'hai fatto?». Ricordo che alzai le spalle, feci una smorfia come per dire boh e le risposi: «Perché non l'ho fatto». Credo che, per qualche ragione che mi sfugge, quella fu la risposta migliore che le potessi dare, infatti Ellen mutò subito espressione e riprese a leggere sorridendo e scuotendo la testa. Già, perché non l'avevo fatto? Mica perché sono un santo, semplicemente non mi interessava, non rientrava nell'ordine dei miei desideri, avevo Ellen e mi bastava, mi basta. E le stagiste? Quante ne sono passate in agenzia. Spesso mi vedevano come un dio, eppure... Eppure tutti questi bei pensieri rassicuranti non hanno avuto la forza di resistere a Maya neppure un minuto.

È successo tutto all'improvviso. Tutto! all'improvviso. Ha suonato alla porta. Sono andato ad aprirle. Appena l'ho vista ho avuto un sussulto, era uno schianto, non potevo immaginare che potesse essere ancora più bella di come la ricordavo. Aveva i capelli sciolti, lunghi, un po' mossi. Un leggero trucco esaltava la grandezza degli occhi. Un vestito verde corto e aderente le disegnava un corpo sinuoso e scopriva gambe perfette. Ma non è stato quello, è stata una irresistibile, incomprensibile, inaspettata questione di pelle. Oppure potrei dire semplicemente naturale, una naturale questione di pelle. Sono andato ad aprirle, dicevo, lei mi ha sorriso, ha fatto due passi dentro casa, tenendo una mano dietro la schiena, io ho richiuso la porta, lei ha detto scusa volevo portare una bottiglia di vino ma in paese lo spaccio quando sono arrivata era già chiuso. Poi ha tolto la mano da dietro la schiena, mi ha detto ti ho portato un fiore, me lo ha dato, ha accennato un sorriso e un piccolo inchino, io l'ho preso dicendo uh, grazie, lei si è alzata un po' sulla punta dei piedi, mi ha baciato una guancia, poi l'altra, poi ha chiuso gli occhi, con la bocca è scivolata verso la mia bocca, sulla mia bocca. E ci siamo baciati. In modo così intenso e profondo, direi quasi violento, che neppure con Ellen i primi tempi che eravamo sposati. Ed è stato tutto un susseguirsi di movimenti inevitabili che ora ricordo come fosse la scena accelerata di un film. Ci siamo tolti con urgenza i vestiti, lei mi ha tirato via la maglietta e ha incominciato a baciarmi il petto, ed è scesa giù, io l'ho ripresa e le ho sfilato il vestito, il reggiseno, mentre lei mi aiutava, e mi aiutava a togliermi i pantaloni. Il tutto lo facevamo con premura, vittime di un bisogno impellente, come se avessimo la necessità indifferibile di accelerare i tempi. Ci siamo ritrovati per terra e poi sul divano. Toccare la sua pelle, il suo corpo, mi dava brividi assoluti, e m'impauriva nello stesso tempo, perché quella pelle che non avevo mai toccato prima di allora io la conoscevo, sì la conoscevo. Ne conoscevo l'odore, la morbidezza, il gusto. Il sapore dolce di un profumo che avevo già sentito. E poi abbiamo fatto l'amore che quasi non mi ricordavo più chi fossi e dove fossi e perché fossi con lei. E facevo l'amore che quasi non mi ricordavo più che si potesse fare così, con quell'energia, con quel trasporto, con quella passione inaudita. E poi lei, che fino ad allora aveva ansimato piano, al culmine dell'orgasmo, con gli occhi chiusi, stringendomi in un forte lunghissimo abbraccio, ha pronunciato un nome che non era il mio. Ha detto Sean, lo ha ripetuto due volte. Poi ha detto Sean, amore mio, ti amo.

Ci siamo baciati ancora

Ci siamo baciati ancora, staccati, abbandonati sul divano. Seduti uno accanto all'altra, con i nostri corpi che ancora si sfioravano. Ho chiuso gli occhi, ho appoggiato la testa sullo schienale del divano, l'ho rivolta verso l'alto. Quello poteva essere il momento dei sensi di colpa. Invece provavo solo spossatezza e benessere. E poi ripensavo a quel nome, Sean Sean Sean. Anche a me pareva di conoscere qualcuno che si chiamava Sean... Ma certo, come potevo essermene già dimenticato! Sean, Sean Meursault il nome che mi ero inventato per il mio collaboratore *personale*, il ragazzo che forse sarebbe andato *al posto mio* alla riunione con Claude e Tom Harris e quelli della Coca-Cola.

Faceva l'amore con me e pensava a questo Sean.

«Chi è Sean?» ho chiesto a Maya tenendo sempre gli occhi chiusi e la testa reclinata all'indietro.

«Come sai di Sean?» ha chiesto lei, con tono allarmato.

«Mentre facevamo l'amore hai pronunciato quel nome. Anche se ci conosciamo da poco, dovresti saperlo che mi chiamo David, e poi hai detto che lo ami, non credo ti riferissi a me.»

Lei è rimasta in silenzio per un tempo interminabile, come se stesse pensando alla risposta, o come se non mi volesse rispondere affatto. Poi ha detto:

«E invece mi riferivo a te».

«A me? Vuoi dire che mi ami già?» ho detto con tono quasi scherzoso e sempre con gli occhi chiusi. Ma lei non scherzava.

«Non già. Da sempre, da due anni almeno, forse anche da prima di conoscerti.»

«Non capisco» ho detto, facendomi di nuovo serio.

«Tu sei Sean.»

«Io sono David» ho detto, «non sono...» Mi sono bloccato, ho realizzato improvvisamente ogni cosa. Mi è scoppiato il cuore. Ho aperto gli occhi. Sono schizzato in piedi che parevo una molla. L'ho guardata. Maya, ancora seduta, guardava me, con un'espressione vuota.

«Vuoi dire che...»

«Sì» mi ha interrotto lei.

«Ora mi spieghi, per favore.»

«Ti spiego tutto» ha detto, «fammi rivestire però, e portami un bicchiere di vino, ne ho bisogno.» Sembrava più rilassata, ora, più in sé.

Ci siamo rivestiti, sono andato in cucina e ho riempito due bicchieri di vino rosso, mi batteva forte il cuore, facevo in fretta, volevo tornare di là, dove c'era lei. Volevo sapere.

«Allora?» ho detto con un tono severo porgendole il vino. Lei ne ha bevuto un lungo sorso, poi ha fatto un sospiro come per prendere fiato e ha parlato, di getto.

«Io sono la moglie di Sean, il ragazzo che ti ha donato il corpo. Non mi chiamo Maya, mi chiamo Blanca, e non sono di origine messicana, ho detto così perché tu non avessi sospetti per via del mio accento, sono spagnola, vivo a Barcellona. Ti ho raccontato un sacco di bugie perché... non so, avevo paura che tu intuissi qualcosa... non volevo che potessi in qualche modo collegarmi a lui prima di dirti chi ero, per essere certa di volerlo fare, ma te lo avrei detto, giuro, te lo avrei detto stasera stessa. Anche prima, mentre ti stavo parlando, seduta vicino a te sulla spiaggia, ne ero già sicura, anzi, avevo già voglia di baciarti!, se ho aspettato a dirtelo... era perché volevo farlo stasera con più calma, e invece hai visto che calma!» Ha sorriso, ma io no, ero ancora tutto teso a comprendere bene quello che mi stava dicendo.

«Io non sapevo niente, ho fatto tutto il possibile per *sapere*, ma non sono riuscito a scoprire niente. Tu... tu come hai fatto a trovarmi?»

«Non è stato facile, sapevo che il corpo di Sean sarebbe stato trapiantato, sono stata io a dare il consenso, sapevo tutto, mi hanno messo al corrente di tutto, dovevano farlo. Naturalmente non mi hanno voluto rivelare né dove né su chi sarebbe stato eseguito il trapianto, infatti io non so niente di te, e da una parte vorrei non sapere niente perché per me tu sei Sean... Toccandoti, facendo l'amore con te, parlandoti perfino, prima, sulla spiaggia, e non hai idea di come mi batteva il cuore, avevo paura di svenire... mi pareva di stare con lui... anche adesso, continuo a vedere lui, se non ti stessi raccontando questa follia, crederei di stare parlando con lui. Ho incominciato a cercarti quasi dallo stesso giorno in cui ho dato il consenso. Ho cercato in rete quali potevano essere i centri più all'avanguardia per una pazzia di trapianto come questo e ne ho trovati tre. Poi ho scoperto che il mostro sacro per questo tipo di trapianti era un certo professor Xuan Thuan, aveva già operato la scimmia... quella di cui aveva parlato il mondo intero... Lucy. Ho capito, o meglio scommesso, che ti avrebbe operato lui. Non è stato difficile scoprire che operava al St. John. Sono partita, mi sono piazzata davanti all'ospedale, avevo soltanto una chance, una chance però che nessun altro familiare di un trapiantato poteva avere... io ti conoscevo, se ti avessi visto ti avrei riconosciuto. Sono stata seduta su una panchina davanti all'ingresso del St. John per quasi un mese. Arrivavo la mattina alle otto e me ne andavo la sera, mi alzavo, mi spostavo, cercavo di farmi notare il meno possibile, ma non è stato un problema perché era un continuo via vai di persone che entravano e uscivano, mi nascondevo nella confusione, ma sempre con gli occhi puntati sull'ingresso, intanto sapevo che se eri dentro dovevi per forza uscire da lì. Ma ero arrivata alla fine... Non ce la facevo più, stavo per mollare, avevo paura di essermi sbagliata, che ti avesse operato un altro, in un altro ospedale chissà dove, mi ero data ancora tre giorni, la mattina del secondo giorno, da quell'ingresso sei uscito tu, con una donna... ho pensato che fosse tua madre, invece poi ho capito che doveva essere tua moglie.»

Blanca mi ha rivolto un'espressione interrogativa, ho annuito, ma quella conferma non l'ha minimamente distolta da quanto mi stava dicendo, come se la cosa non la interessasse affatto, quasi come se riguardasse un'altra persona.

«Avete preso un taxi, ti ho seguito, ho visto dove abiti, e di nuovo mi sono seduta ad aspettare dalla mattina alla sera, anche qui sempre con gli occhi fissi sul portone, appena vedevo rientrare quella donna mi rilassavo un po', mi compravo qualcosa da mangiare, ma prima di tornarmene in albergo aspettavo ancora fino alle dieci... alle undici certe volte, sperando che uscissi da solo. Aspettavo quasi sempre in un bar, quello che c'è davanti a casa tua, o lì intorno, di nuovo cercando di farmi notare il meno possibile. Probabilmente ti avrei fermato già allora, ti avrei seguito se non altro, ma tu non uscivi quasi mai, in una settimana solo due volte e tutte e due le volte con lei. E poi un'altra nell'unico giorno in cui sono arrivata davanti a casa tua verso le sei di pomeriggio perché ero stata male, ed ero rimasta in albergo, a letto, non ce la facevo proprio ad alzarmi, poi ce l'ho fatta, mi sono fatta forza, e quella volta ti ho visto rientrare alle dieci di sera, con Zak; chissà quando eri uscito, perché. Ho visto scendere cinque minuti prima tua moglie e poi arrivare altri due, un uomo e una donna, e una volante della polizia. Mi sono preoccupata, sapevo dei suicidi. Poi sei arrivato tu, e siete saliti a casa. Sono tornata in albergo. L'indomani vi ho visto uscire, prendere un taxi, andare all'aeroporto, ti ho visto salutare tua moglie, fare il check-in, sono corsa a fare il biglietto, per fortuna c'erano ancora dei posti sul tuo stesso volo, ero due file dietro di te. Ma ho aspettato, avevo aspettato tanto, potevo aspettare ancora, ora che finalmente eri solo. Volevo vedere dove saresti andato, cosa avresti fatto, e poi... e poi, insomma, lo sai... È stato Zak a corrermi incontro, ma avevo deciso che ti avrei parlato comunque, era già da un po' che passeggiavo avanti e indietro, ma non mi decidevo, non sapevo con che scusa farmi avanti, speravo che mi sorridessi, che mi guardassi almeno, mi sarebbe bastato un piccolo aggancio, ma tu non mi vedevi... sembravi perso nei tuoi pensieri. La sola cosa vera che ti ho detto è che ho preso una camera nell'unico albergo del paese, prima sono andata veramente a cambiarmi lì. Quando tu e Zak oggi eravate a mangiare al ristorante, c'ero anch'io, a guardarti, dall'altra parte della strada.»

«Mio Dio» ho detto.

Mi sono seduto di nuovo

Mi sono seduto di nuovo, lasciandomi cadere sul divano. Con la testa fra le mani sentivo il suo respiro, e il mio. Se dovessi raccontare tutti i pensieri che in quel momento mi hanno attraversato e girato e girato per la mente, non finirei più. Non so quanto tempo sono stato così, a pensare, con la testa fra le mani. Non mi sono mosso finché a un certo punto Blanca ha detto:

«Ma non dovevamo mangiare il cous cous?».

Mi sono voltato lentamente verso di lei, sorpreso, come se stavolta fossi io ad aver di fronte un alieno.

E lei mi ha regalato un sorriso disarmante, dolce, paradossalmente sereno. Un sorriso che non scorderò mai, perché era triste e felice nello stesso tempo. Dentro a quel sorriso c'erano coraggio e paura, rassegnazione e ribellione, debolezza e forza, e amore, soprattutto amore. Dentro a quel sorriso c'era una bellissima ragazza di vent'anni che mi sorrideva. Per me ascoltare quella storia era stata una folgorazione, ma chissà quante volte lei, seduta su quella panchina davanti a St. John, o nel bar di fronte a casa mia, o due file dietro di me sull'aereo, o passeggiando sulla spiaggia, aveva programmato immaginato vissuto e rivissuto quella scena, preparato le parole che mi avrebbe detto, il discorso che mi aveva appena fatto.

L'ho guardata ancora per qualche istante senza parlare, poi ho sospirato, sono riuscito ad annullare tutti i pensieri e ho detto:

«Ma sì, mangiamo, ti ho preparato un cous cous da favola».

Ho scolato il bicchiere di vino che avevo davanti, lei il suo, e siamo andati in cucina, senza imbarazzi, con lei che mentre camminavo, attaccata a me, da dietro, mi spingeva e mi tratteneva, ridendo, come una bambina. Come faceva con Sean, mi ha detto dopo.

E abbiamo mangiato il cous cous, finito il vino della prima bottiglia, poi anche quello della seconda, e parlato. Ha parlato soprattutto lei. Mi ha raccontato tutto di Sean. Non voleva che le raccontassi di me, voleva solo rispondere alle mie domande su di lui, e a me interessava solo quello. Non volevo dirle come stavo chi ero cosa provavo, lo avevo già fatto troppe volte. In fondo era proprio da quello che stavo fuggendo. Più cose sapevo di Sean e più mi sentivo lui, mi immedesimavo in lui, la mia ossessione trovava sfogo, e in un certo senso mi liberava. Blanca mi ha raccontato del giorno in cui era stato ucciso, di quando si erano conosciuti, del modo in cui l'aveva guardata quella sera, la prima volta che si erano visti, e che, diceva, era lo stesso in cui l'avevo guardata io sulla spiaggia. Mi ha raccontato del tatuaggio che si erano fatti insieme pochi mesi dopo il loro primo incontro. Me lo ha mostrato. Prima, tutto preso com'ero dalla passione, non ci avevo fatto caso: anche lei aveva la mia stessa nota tatuata sulla spalla destra. Mi ha detto che appena era entrata in casa, nel baciarmi una guancia e poi l'altra, appena aveva sentito sulla sua pelle il sapore della pelle di Sean – identico, ha detto –, era stato più forte di lei, le era venuto naturale, istintivo, irrinunciabile, e così mi aveva baciato davvero. Mi ha raccontato tante altre cose, di una casa in Islanda, ad esempio, una casa a strapiombo sul mare, mi ha detto che era il sogno di Sean, il posto dove si sarebbe voluto fermare, con lei. Mi ha detto che anche Sean era attratto dal mare, e che tra tutti quelli che aveva guardato, quello che bagnava le coste d'Islanda lo aveva emozionato più di ogni altro, e che voleva quella casa perché era un avamposto, un luogo di frontiera fra la terra e il mare, quel mare irresistibile: l'Oceano Artico. Ogni tanto mi chiamava Sean e io le facevo una smorfia di disappunto e le dicevo David! e lei semplicemente mi diceva scusa hai ragione e continuava a parlare come se nulla fosse, come se il nome diverso fosse solo un dettaglio trascurabile, come se si fosse confusa, così, perché era sovrappensiero, o infervorata da quello che mi stava dicendo, come capita a tutti, ogni tanto, di sbagliare il nome di una persona che pure si conosce bene. Mi ha detto ti preferivo prima, ma ti donano anche i capelli corti, e me li ha accarezzati un po' sul davanti. E intanto mangiavamo, e lei mangiava di gusto, leccandosi le dita, felice, dicendomi hai ragione, sei il re del cous cous! Anche Sean era bravo a cucinare. E intanto bevevamo, forse anche per ubriacare l'ansia, e la paura e il dolore che in fondo all'anima – sempre che io ce l'abbia, un'anima – tutti e due provavamo. E abbiamo bevuto fino a ubriacarci davvero, fino a correre su in camera da letto a fare l'amore, di nuovo e poi di nuovo ancora, come se non ci fossimo mai amati, o come se ci amassimo da sempre, con lo stesso desiderio di prima, fino a crollare distrutti e ad addormentarci abbracciati, come fosse la cosa più naturale del mondo. Il nostro era un abbraccio perfetto, sincronico, completo. Tra due corpi abituati a stringersi. E a farlo con intimità. Impossibile se non ci si conosce, se non c'è feeling. A far l'amore o baciarsi ci si riesce sempre, e ci si riesce bene, talvolta anche se ci si odia, ma addormentarsi abbracciati così, come lo eravamo noi, non si può, perché l'abbraccio è il metro più esatto dell'intesa, perché l'abbraccio non perdona, e quell'abbraccio, invece, ci aveva perdonati. Fosse anche soltanto per una notte.

Mi sono svegliato perché ho sentito Zak abbaiare

Mi sono svegliato perché ho sentito Zak abbaiare, e per fortuna perché stavo facendo uno strano sogno che era sul punto di trasformarsi in un incubo. Fino a quel giorno i miei sogni erano stati, potrei dire, normali, nel senso che non mi avevano mai creato particolari turbamenti. Sognavo come sempre, come prima, con la differenza che ogni tanto nel sogno avevo l'aspetto del vecchio David, altre volte, sempre più spesso, quello del nuovo. Intendiamoci, sogni strani ne ho fatti, qualcuno anche disdicevole, ho avuto, per dire, anche una polluzione notturna!, ma la Gauss mi ha così tormentato con i sogni, che non mi va di raccontarli, non ne posso più di raccontare sogni. Però quella notte, anzi, quella mattina, per la prima volta mi sono sognato vedendomi in tutti e due i modi nello stesso tempo: io ero il vecchio David e io ero il giovane David ed entrambi mi guardavano e si guardavano in modo potrei dire inquietante, quindi c'era anche un terzo David che viveva quell'inquietudine, un terzo David che era il David che stava sognando, cioè un'altra volta io.

Non so cosa sarebbe successo perché sono stato svegliato da Zak, però sentivo che stava salendo prepotentemente il mio disagio, quello del terzo David, il sognante, ma insieme vivevo anche il disagio degli altri due, i sognati, insomma, una cosa allucinante che incominciava a *farci* stare male. Ho sentito abbaiare Zak, dicevo, ho cercato di zittirlo con un gesto che lui conosce bene, poi, mezzo addormentato e mezzo sollevato di essermi svegliato, ho guardato l'ora: erano quasi le dieci di mattina. Ho guardato Blanca che ancora dormiva. Mi sono tirato su... E ho visto Ellen che ci stava fissando. Che ci stava fissando. Che ci stava fissando. Che ci stava fissando. Zak che le faceva le feste e lei che lo ignorava, impietrita com'era, in piedi davanti al letto. Con un'espressione difficile da decifrare, che se dovessi descrivere con due parole direi incredulità e stupore. Ma anche tristezza e desolazione. E furore e compassione. C'era però dell'altro, molto altro, una vita passata insieme e che in quel momento, lo so, perché queste sono cose che si avvertono, Ellen sentiva essersi conclusa.

Ho balbettato E... Ellen. E lei è scappata via. Zak via con lei.

Mi sono alzato, ho cercato i pantaloni, arraffato la maglietta, trovato i pantaloni, me li sono infilati mentre mi dirigevo verso la porta della camera, saltellando prima su un piede e poi sull'altro, la maglietta l'ho indossata intanto che scendevo giù dalle scale, le scarpe no, avrei perso troppo tempo. Blanca ha cambiato posizione, ha detto qualcosa che non ho capito e ha continuato a dormire, girandosi dall'altra parte. Sono uscito scalzo. Il tempo era di nuovo peggiorato, il cielo terso e il mare calmo di ieri non esistevano più. Ora soffiava un vento teso, che alzava la sabbia, e le onde s'infrangevano tumultuose sulla caduta del fondale, spingendosi con la risacca fino a metà spiaggia. Grandi nuvole nere si addensavano in cielo mutando continuamente la loro forma, coprendo il sole e scoprendolo di nuovo, ma solo per qualche istante. All'orizzonte balenavano lame di luce. Tutto questo rendeva l'atmosfera irreale, o forse ero io che la stavo vivendo così. Ho visto Ellen che camminava spedita verso la strada, e Zak che la seguiva esitando. Non sapeva che fare, fino a dove seguirla. Quando mi ha sentito urlare Ellen!, e mi ha sentito perché il vento tirava dal mare e trasportava con sé la mia voce, si è girato e mi è corso incontro mentre io correvo verso Ellen. Che ora si era fermata sul ciglio della strada e stava telefonando, al taxi, ho pensato, il taxi che l'aveva portata fin lì e al quale sicuramente stava chiedendo di tornare indietro. Zak mi ha raggiunto e poi ha corso di nuovo con me, verso Ellen, adesso immobile con le spalle rivolte al mare, al vento, alla sabbia, a me, per sempre.

Le sono arrivato davanti ansimando.

«Ellen!» ho urlato, contro il vento che portava lontano la sabbia e il suo nome.

«Vai via» ha detto lei, «non ti voglio vedere mai più.»

«Ellen, perdonami, tu non hai idea...» ho detto, parlando più piano ora.

«Non mi chiedere di perdonarti, almeno.»

«Va bene, non te lo chiedo, ma sai chi è quella ragazza?» ho chiesto come un imbecille, un piccolo stupido uomo che pensa di giustificare un tradimento con una scusa, per importante che sia. I tradimenti si fanno, se si vuole, ma non si giustificano.

«Stai zitto, per favore» mi ha risposto Ellen, «non parlare.»

E invece ho parlato, con la sabbia che mi si infilava nella bocca e negli occhi. Mentre vedevo i capelli di Ellen scompigliati dal vento e lei che cercava inutilmente di fermarli con una mano.

«Si chiama Blanca» ho detto, «è la moglie dell'uomo che mi ha donato il corpo... Ora so tutto di lui... Si chiamava Sean...»

«Mi fai schifo» ha detto lei. «È più giovane di tua nipote.»

«Ma non ti rendi conto... È successo perché non poteva non accadere... È come se la conoscessi da sempre.»

«Tu non la conosci, David, tu non sei lui!»

«Lo so lo so, ma...»

«Lei non c'entra niente con te, tu non sei lui, non sei lui, mettitelo bene in testa, la stai solo illudendo, tu sei David Costello e hai ottant'anni!» mi ha urlato, furiosa, alzando più che poteva il tono della voce, guardandomi dritto negli occhi, mentre il vento continuava a soffiar via le sue parole.

«L'hai detto finalmente!» ho urlato a mia volta con tutta la forza che avevo. «Dal giorno dell'operazione è la prima volta che me lo dici credendoci veramente, è la prima volta che mi riconosci.» Ed era così, per la prima volta avevo avuto la sensazione che Ellen mi riconoscesse.

«Io non ti riconosco perché tu non ti riconosci, David.»

«E allora perché adesso mi guardi con gli stessi occhi di sempre?»

Lei ha scosso la testa e ha detto:

«Non lo so, non lo so perché, non so neanche se sia vero, so solo che ero venuta qui perché avevo bisogno di stare con te, di vederti, volevo farti una sorpresa... Lo sai che giorno è oggi?».

«No, che giorno è?» ho chiesto con il tono di voce di uno che pensa adesso che c'entra che giorno è?

«È il 30 marzo! il tuo compleanno, oggi compi ottant'anni, David!»

«Non mi ri...ri...» ho balbettato.

«Sarei ripartita questa sera stessa, ma ora non ti voglio vedere mai più. Per me era già difficile prima, ora sarebbe impossibile, lo sarebbe anche se tutto questo non fosse successo, se fossi il solito David... Lo sapevi, David, tradirci mai, lo abbiamo sempre detto, sempre saputo, lo sapevi che non lo avrei sopportato, e sai anche perché, e però mi hai tradito, David... Se non eri davvero tu, allora non mi interessa, e quindi non ha senso che continui a vivere con un altro. Se eri tu, invece, mi hai tradito, e con una ragazzina di vent'anni. Non ti voglio vedere mai più, nulla sarebbe più come prima, in ogni caso.»

Zak, che pareva aver capito tutto, guaiva, gironzolando nervoso attorno a noi, come per chiuderci in un cerchio, dal quale avrebbe voluto che non uscissimo più.

È arrivato il taxi, Ellen mi ha detto addio, David, è salita ed è andata via, senza neppure voltarsi. E io sono rimasto lì, in piedi a guardare il taxi che si allontanava e alzava la sabbia dalla strada, con Zak che aveva scelto me, e anche lui guardava il taxi andar via.

Sono andato a ripararmi dal vento

Sono andato a ripararmi dal vento e dalla sabbia dietro la casa. Mi sono appoggiato con le spalle al muro. Lì non c'era vento, non c'era sabbia, c'era una pace perfetta, quasi magica. E la pianura, e le colline, lontane. E le nuvole che rotolavano in cielo, silenziose, opprimenti. Ho pensato Ellen perché sei stata così risoluta? Perché non mi hai concesso neppure il tempo di provare a spiegarti? Di parlare, di vedere se per caso ci fosse il modo... Ma ho capito subito che non c'era niente da spiegare e che forse Ellen era riuscita ad andar via così perché paradossalmente... inconsciamente era quello che sperava: trovare un appiglio capace di sollevarla dal peso che la stava schiacciando. O forse no, forse sarebbe successo comunque. Tradirci mai, l'aveva sempre detto. E non era una questione di principio, era perché se si ama, se ci si rispetta, non può succedere, diceva lei, né per amore, perché allora non si ama, né per sesso, perché allora non ci si rispetta. Ma io non l'avevo tradita né per l'una né per l'altra cosa. Poi non ce l'ho fatta più a pensare, il dolore era troppo, e sono scivolato giù, strisciando le spalle contro il muro, fino ad accucciarmi per terra. E ho pianto. Non mi era mai capitato da quando avevo questo corpo, questi occhi non erano ancora riusciti a piangere, e invece adesso piangevo, e mi sentivo male, male come non ero mai stato. Mi sentivo male perché quel giorno avevo perso Ellen, e forse anche me stesso.

Sono rimasto due ore così, seduto per terra con la testa fra le mani, prima a singhiozzare e poi a cercare di calmarmi. Zak si era accoccolato vicino a me, teneva le zampe sotto il muso e mi guardava dal basso, con quello sguardo che fanno i cani quando sanno di averla combinata grossa, o quando sono tristi. Invece ero stato io a combinarla grossa, lui era soltanto triste. Sono rimasto due ore seduto per terra con la testa fra le mani, ma quando mi sono alzato sapevo, se non chi ero, almeno cosa dovevo fare, l'unica cosa che potevo fare.

Sono entrato in casa, in camera. Blanca si stava svegliando, o forse mi aveva sentito entrare ed ero stato io a svegliarla. Appena mi ha visto, si è tirata su, mi ha sorriso, ha allargato le braccia e mi ha detto vieni qua. Non s'era accorta di niente, aveva il viso riposato, un'espressione dolce, serena. E guardandola ho avuto di nuovo la conferma del perché era successo, perché ero stato risucchiato da quel vortice: perché i suoi occhi e le sue braccia che volevano accogliermi erano irresistibili. Avrei dovuto essere Odisseo per resisterle, legarmi all'albero maestro della nave, ma il giorno prima non avevo corde. Adesso sì, invece. Eppure mi ci sarei buttato tra quelle braccia, l'avrei baciata quella bocca che mi sorrideva, Dio sa quanto l'avrei baciata. Ma le corde che mi legavano erano forti e strette, ora, e hanno tenuto, non si sono spezzate. Il richiamo delle sirene era un'illusione, in quel momento lo sapevo, prima no. Itaca non era lei, neppure Ellen però.

«Devi andar via, Blanca» ho detto.

Lei si è rabbuiata, sul suo viso si è dipinta un'espressione incredula, come se non avesse capito bene, poi ha detto:

«Cooosa?... Sei diventato pazzo per caso?».

«Sì, ma non ora, ieri, ieri ero pazzo, quando abbiamo fatto l'amore. Blanca, ascolta, abbiamo commesso un errore gigantesco, non lo rimpiango perché è stato l'errore più bello della mia vita, e perché non si può rimpiangere di aver fatto una cosa che era impossibile evitare. E tutto quello che è successo ieri, stanotte, dal momento che tu sei entrata in questa casa e ci siamo baciati, non poteva non succedere, ma oggi è diverso. Oggi possiamo fermarci.»

«Ma io non mi voglio fermare...» ha detto Blanca.

«E invece devi, io non sono Sean, sono David e ho ottant'anni!»

«No» ha detto lei, perentoria.

«Come no? Perché dici così, Blanca?» le ho chiesto, sospirando, con rassegnazione, quasi.

«Perché il tuo corpo ha ventiquattro anni e, se è vero che il cervello non ha età, allora tu hai ventiquattro anni!»

Ho scosso la testa.

«Non funziona così, Blanca, ma anche se fosse non sarebbe questo il problema, il problema è che tu mi vedi come se fossi Sean, e non smetterai mai di farlo. Anzi no, smetterai! appena capirai che io non sono lui. E lo capirai, molto prima di quanto tu creda, perché se lo amavi, se amavi davvero Sean, sarà inevitabile. Inizierai prima a cogliere le sfumature, e poi, a poco a poco, o forse improvvisamente, ne avrai la certezza: non solo la tua mente ma anche il tuo cuore ti dirà che non sono lui. E questo ti distruggerà, Blanca, perché non riuscirai a lasciarlo, ma neppure a stare con me. Io ho un'altra vita, un'altra storia, problemi nuovi e terribili che devo affrontare. Io sono un altro, Blanca, e devo prima di tutto ritrovare me stesso.»

È il colmo, ho pensato, forse ad alta voce, ho sempre odiato la frase "ritrovare me stesso" e invece è l'unica che mi si addice, o forse sono l'unico sulla faccia della Terra che ha il dovere, prima ancora che il diritto, di pronunciarla.

«Io ti vedo come se tu fossi Sean, è vero, però lo sei, almeno in parte... o forse chissà lo stai diventando.»

«Ma io non voglio diventare Sean! Lo capisci questo o no?» ho urlato. «Stare con te avrebbe solo l'effetto di allontanarmi da me... lo capisci, lo capisci, dimmi, Blanca, lo capisci?»

Lei ha annuito, e le veniva da piangere.

«Adesso vai, Blanca, ti prego, vestiti e vai via, non stare un minuto di più in questa casa, perché tra un minuto potrei non lasciarti andare, ed è un rischio che non mi posso permettere, non ora, non qui. Sappi solo che ti ho amato, ieri credo di averti amato, e per me rimarrai per sempre la cosa più bella che mi è capitata nella nuova vita che questa follia mi ha concesso. E credo che lo sia stata anche per te, perché per una notte hai avuto il privilegio inaudito di ritrovare lui. Per una notte il vostro amore ha sconfitto la morte. Non chiedere di più, non rovinare tutto. Adesso vai, non ti voglio neppure salutare, baciare, sono ancora troppo debole per farlo. Ora io esco con Zak, starò fuori per un po', quando torno non voglio trovarti, e ti prego, Blanca, non cercarmi mai più.»

Lei stava ferma, immobile, seduta sul letto. Singhiozzava, ora.

«Vai via, Blanca, davvero, se quando torno ti trovo ancora qui, me ne andrò io. Addio, abbi cura di te. E dimentica Sean, lui non c'è più. Sei una ragazza speciale, non meriti di continuare a soffrire.»

Mi sono girato e sono uscito da quella stanza, dalla casa, dalla sua vita.

Quando sono tornato Blanca non c'era più

Quando sono tornato Blanca non c'era più. Sono salito in camera per esserne sicuro, ed era vuota. Aveva rifatto il letto e posato il fiore che mi aveva regalato sul mio cuscino.

Sono sceso disotto. Ormai era tutto chiaro. Sapevo cosa dovevo fare.

Mi sono messo davanti al computer e ho scritto a Ellen, con le lacrime agli occhi.

Ellen, Amore. Hai ragione tu. Sono imperdonabile. Non ho scuse né giustificazioni. Non ho neppure rimpianti, però, perché i rimpianti si hanno quando una cosa si può non fare e invece la si fa, o viceversa. Ho cercato di dirtelo prima, di spiegarti, ma tu non me lo hai concesso, eppure voglio che tu sappia che nel momento stesso in cui quella ragazza è entrata in questa casa tutto quello che è accaduto è stato inevitabile. È come se una persona camminasse per strada e le cadesse una tegola in testa, piombata giù da un tetto, improvvisamente. Non la può evitare, e se si fa male, non può dire è colpa mia. Scusa l'esempio un po' stupido, ma è l'unico che mi viene in mente in questo momento. Non è una giustificazione, è un dato di fatto, che tu ci creda o no. In ogni caso, ripeto, hai ragione tu, fai bene a non volermi più vedere, e credo comunque che per un po' non mi vedrai perché vado via. Senza Blanca, naturalmente, lei non c'è già più, le ho chiesto di andarsene, e lo ha fatto. Ti sto dicendo questo mentre piango e provo un dolore immenso, credimi, ma è giusto che io parta, non so per dove, ma so che devo partire per trovare me stesso. Ma ci pensi? Proprio io che dico così, io che ho sempre mal sopportato le persone che dicono di dover cercare se stesse. Dove, poi? Per cercare se stessi bisogna star fermi. Ma io non posso fermarmi in questa casa, anche se mi piacerebbe, perché è la tua, e ogni cosa qui dentro mi parla di te, di noi. E poi se rimanessi tu mi troveresti, mi troverebbero tutti, e io non voglio farmi trovare da nessuno, forse partire è davvero l'unico modo per riuscirci. Non cercarmi, ti prego. Non rendermi le cose più difficili. Stacco tutto comunque. Se dovesse succedere qualcosa di grave sappi che ogni tanto ascolterò la segreteria telefonica, al numero che tu sai, e che conosci solo tu. Non chiamarmi per sapere come sto o dove sono, non ti risponderei e ci faremmo solo del male. Non so quanto starò via. Però ti garantisco che quando tornerò sarai la prima persona che cercherò.

Se non altro per chiederti come stai e finalmente per dirti come sto io, dove sono stato.

Per l'agenzia non ti preoccupare, ancora per un po' di tempo saranno in grado di cavarsela anche senza di me, e poi a giugno entrerà definitivamente Amira, questo lo sai, e sappiamo entrambi quanto sia brava, intelligente, attenta. Le ho insegnato tanto e saprà lavorare bene e mettere Tom in condizioni di non nuocere.

Non sono lui, mi hai detto. Hai ragione, Ellen, hai ragione anche in questo, ma non sono neppure più io. Adesso devo scoprire chi sono. L'altro David c'era riuscito, il nuovo ho capito che ne è ancora troppo distante, e del resto è giovane, forse ha solo bisogno di tempo e di esperienze. Forse viaggiare lo aiuterà... mi aiuterà, in fondo non l'avevo mai fatto, neppure da ragazzo, quando ci siamo conosciuti, quando tutti partivano e anche tu volevi partire mentre io ero preso dal lavoro perché volevo imparare tutto dal padre di Tom.

Zak lo porto con me. Ho bisogno di lui e lui di me. È vecchio, lo so, ma senza di me soffrirebbe troppo.

Ti stringo in un lungo fortissimo abbraccio, Ellen... e vorrei poterti dire nel solito modo, il nostro, quello che non siamo più stati capaci di ritrovare. Spero di incontrarti di nuovo quando tutto questo sarà passato. Spero tanto che tu riesca a star bene. Anche senza di me. Io ci proverò.

David

Ho tolto da un baule un vecchio zaino che usavamo ogni tanto Jenny e io, quando lei era piccola, per andarcene in giro uno o due giorni, da soli, sulle colline. L'ho riempito con il minimo indispensabile, intanto si avvicinava l'estate. Il resto semmai l'avrei comprato più avanti. Ho preso il libro di Céline... *Viaggio al termine della notte*, e tra le pagine ci ho messo il fiore di Blanca, un piccolo fiore giallo che stava già appassendo. Invece il ricordo di lei rimaneva intatto, impresso a fuoco nella mia mente. Ho arrotolato un sacco a pelo dentro al quale dormivo con Jenny, durante le nostre scampagnate, o sulla spiaggia, per stare sotto le stelle e ascoltare davvero il mare. Ho guardato fuori. Il cielo era coperto, ora, piovigginava appena, ma il vento sembrava essersi calmato. Mi sono vestito, ho indossato un buon paio di scarpe, ho detto Zak, andiamo, sono uscito, ho chiuso la porta di casa. E mi sono avviato sulla strada. Senza più voltarmi indietro, neppure per guardare il mare.

Nonostante fossero le dieci di mattina faceva freddo

Nonostante fossero le dieci di mattina faceva freddo, sentivo freddo. Tutto era diverso rispetto all'estate. Ma la nostra casa era lì, quella di sempre, bella come sempre. La guardavo e ripensavo a tutti i giorni passati insieme, in quella casa, con David e Jenny. Sono entrata e l'ho chiamato. Non mi ha risposto. Ho immediatamente pensato che stesse ancora dormendo. Ultimamente gli capitava spesso di dormire fino a tardi, o di faticare a svegliarsi. Proprio come un ragazzino. Sono salita in camera, ho spinto piano la porta socchiusa, e mi sono trovata davanti agli occhi una scena sconcertante. Col fiato che mi mancava, ho fatto qualche passo dentro la stanza perché c'era penombra e volevo essere sicura di quel che avevo visto. Sono rimasta incredula, impietrita ai piedi del letto. Lui e lei dormivano abbracciati, nudi, il lenzuolo li copriva appena. Lei su un fianco, lui supino con la testa affondata nel cuscino, che la cingeva con un braccio. Un uomo e una donna. Due estranei che dormivano in casa mia, nel nostro letto. Strano a dirsi, ma appena entrata in quella camera, nella nostra camera da letto, lo sconcerto, e lo stupore, e lo sgomento che ho provato, non erano causati dalla consapevolezza di essere stata tradita, ma da un senso di profanazione. Sì, di profanazione. Come quando entri in casa e ti accorgi che ci sono stati i ladri. Ho riconosciuto David ovviamente, eppure nel vederlo abbracciato a quella giovane donna mi pareva un estraneo. Un usurpatore. Quel corpo era il ladro di David, l'aveva rubato, e quella donna era sua complice. Emozioni di un attimo, persino difficili da descrivere. Poi Zak finalmente si è accorto di me e si è messo ad abbaiare. Mi è corso incontro, facendomi le feste. In qualche modo, il suo abbaiare, il fatto che ad abbaiare fosse Zak, il nostro Zak, mi ha scosso, distratto, liberato da quello stato d'animo.

Sono restata sospesa, in una terra di mezzo, tra la gelosia e l'estraneità. Quasi dispiaciuta per lui, per David, più che per me. Stavo lì, immobile, con Zak che abbaiava e mi saltava contro. E poi è successa una cosa. David si è mosso. Sempre supino com'era, con la testa affondata sul cuscino, nel dormiveglia ha mosso un braccio, una mano, in un modo particolare. Prima battendola tre volte contro il bordo del materasso e subito dopo tendendo per qualche secondo l'indice teso come per dire: smettila. Probabilmente pensava che Zak fosse vicino a lui, e voleva che la piantasse di abbaiare. Il susseguirsi in rapida scansione di quei semplici movimenti è stato una rivelazione, ha aperto una voragine dentro di me, che ancora adesso, e sono passati tre mesi da allora, non si è richiusa. Quelli erano gli stessi gesti che David faceva ogni volta che Zak si metteva ad abbaiare e lui voleva farlo smettere. Poteva essere a letto, o seduto in poltrona, o in piedi, ma faceva sempre così, senza parlare. E Zak si azzittiva, e gli leccava il dito. Poteva battere la mano sulla gamba se era in piedi, o sul bracciolo della poltrona, ma il modo era sempre quello. Non ricordo di averglielo visto fare nella settimana che abbiamo trascorso insieme dopo la sua dimissione, ma questo non conta, ciò che conta è che per la prima volta, in quel momento, vedendo David fare quei gesti l'ho *riconosciuto*. Non ho dovuto nemmeno pensarlo, la consapevolezza è sopraggiunta dopo. In quel momento ho sentito che era lui e basta. Come succedeva tutte le altre volte, del resto, non mi chiedevo se era lui a fare quei gesti. Era lui.

Mi vengono in mente le cose che mi diceva la dottoressa Gauss, a questo proposito: «Fino a quando lei si sforzerà di riconoscerlo, anche se ogni tanto le sembrerà di riuscirci, sarà ancora lontana dall'esserci riuscita per davvero. Lo riconoscerà il giorno in cui avverrà in automatico, esattamente come prima. Quel giorno, capitasse anche soltanto grazie a uno sguardo, a un gesto, a una parola detta o non detta, sarà il primo passo fondamentale per superare definitivamente questo senso di estraneità che prova. Poi la strada sarà tutta in discesa». Ecco, era successo. Ed era successo nel momento più brutto della mia vita. O forse era successo proprio perché stavo vivendo il momento più brutto della mia vita: David mi aveva tradito. Ho provato un moto di rabbia incontrollabile, e di disperazione. Ero furiosa, e allo stesso tempo confusa, ancora più confusa di prima. L'ho visto guardare l'ora, guardare la ragazza che era con lui, tirarsi su, volgere lo sguardo verso di me, rendersi conto con un sussulto che ero lì. L'ho sentito pronunciare il mio nome. E allora non ce l'ho fatta più, sono scappata via.

Quando David mi ha raggiunto sulla strada, in quel turbine di vento e di sabbia, mi ha detto... urlato anzi, che per la prima volta lo stavo guardando con gli stessi occhi di sempre. Io gli ho risposto che non sapevo se era vero, e invece sì, era vero. Ora lo so. Dentro a quegli occhi, forse davvero per la prima volta, avevo riconosciuto il suo sguardo. E avrei voluto dirglielo. Non in quel momento, ero ancora troppo confusa, in preda a sensazioni violentissime, alla rabbia. Avrei voluto dirglielo dopo, quando ho letto la sua lettera, avrei voluto rispondergli per dirgli che finalmente lo avevo riconosciuto. E anche che proprio per questo il dolore che mi lacerava era ancora più grande... ma forse più piccolo della gioia infinita che provavo per essere riuscita a compiere quel primo passo. Avrei voluto condividere quella gioia con lui. Ma non era il momento, né il modo. Sapevo che i passi avremmo dovuto farli insieme, e che ormai era troppo tardi, o troppo presto. Così ho deciso di non rispondergli, di lasciarlo andare senza interferire ancora. E sono rimasta sola, in questa casa dove abbiamo vissuto per tutti i nostri anni. In attesa non so neppure io di che cosa, senza rabbia, ormai. Consapevole che ci sono successe cose più grandi di noi, e che non posso liquidare il suo come un semplice tradimento, eppure sentendomi tradita. Sempre decisa a non cercarlo, come mi ha chiesto lui. Perché è giusto che sia così, perché deve essere lui innanzi tutto a capire, e a cercarmi se crede, quando tornerà, o anche prima. E perché ancora oggi sono tante le cose che io stessa non ho capito, e non so neppure come reagirei se adesso lui tornasse, suonasse alla porta di casa e me lo ritrovassi davanti. Ma ci sono due cose che so, di cui sono assolutamente certa: so che quando lo penso lontano, in giro per il mondo, penso che sia lui a essere lontano, lui, il mio David. E poi l'altra cosa che so, e di cui sono assolutamente certa, è quella che mi fa stare peggio e allo stesso tempo mi rende felice: so che lo sto aspettando.

Da quel giorno non l'ho più visto

Da quel giorno non l'ho più visto, non l'ho più sentito. Sono tornata a Barcellona. Ho ripreso l'università. Perfino il vecchio lavoro. I primi tempi non mi rassegnavo, poi, ora dopo ora, giorno dopo giorno, ho imparato a farlo. Ma non ho mai smesso di amarlo, non ho mai accettato fino in fondo l'idea di averlo perso. Forse perché Sean ora c'è. Per me nonostante tutto è come se ci fosse, lontano da me ma vivo. È qualcosa che sento, e quanto è successo due settimane fa, irragionevolmente, me lo conferma. Una mattina che pioveva forte è ricomparsa misteriosamente Luce, la nostra gatta, dopo tutto questo tempo. Rivederla per me è stata un'emozione violenta, carica di significati. Ora di giorno sta sempre con me, di notte va via, come quando c'era Sean. Mi viene da pensare, da credere, che il ritorno di Luce significhi qualcosa. Non l'ho cercato. Non ho mai cercato David. Solo una volta una settimana fa, non ce l'ho fatta più, dovevo parlargli. Non avevo nessun numero suo, ma sapevo come si chiama e dove abita, non è stato difficile trovare quello di casa, ogni casa ne ha uno.

Ha risposto la moglie, speravo mi rispondesse lui.

Mi sono schiarita un po' la voce perché non mi uscivano le parole e dopo il suo "Hello" ho detto, nel modo più formale possibile e cercando di non tradire nessuna emozione:

«Buongiorno, sono un'amica di David, dovrei parlargli».

«Che amica di David? Come si chiama, scusi?» mi ha chiesto con un tono piuttosto brusco la moglie.

Ho pensato che non dovevo mentire, inventarmi un altro nome o chissà che cosa, volevo che in ogni caso David sapesse che lo avevo cercato.

«Mi chiamo Blanca, ho conosciuto David circa otto mesi fa, il marzo scorso a...»

«Lo so dove l'hai conosciuto, e so anche chi sei, so tutto» mi ha interrotto, seria.

Per riuscire a continuare ho dovuto schiarirmi ancora un po' la voce, ma anche così...

«Ah... e allora... mi rendo conto ma... mi scusi...»

«Vuoi parlargli?»

«Be', sì, se non le dispiace, solo un minuto per favore... È da quel giorno che non lo vedo, che non ho più notizie di lui, almeno vorrei sapere come sta.»

Lei è stata un attimo in silenzio, più di un attimo, anzi. Subito ho pensato che stesse considerando se passarmelo o mandarmi a quel paese, poi addirittura che avesse interrotto la comunicazione.

Ho detto: «Pronto?». Tre volte.

«Anch'io vorrei sapere come sta» ha finalmente risposto, sempre terribilmente seria. «Anch'io non ho più notizie di lui... da quel giorno.»

«Ah» ho detto, «non ha un recapito, non so... un numero al quale...»

«Sì» mi ha interrotto ancora, «ce l'ho, ma non posso dartelo, mi ha detto di cercarlo solo se fosse successo qualcosa di grave, non è successo, non l'ho cercato. A te è successa una cosa grave?»

«Be', no» ho ammesso.

«E allora, come non l'ho cercato io non lo cercherai neppure tu, a quel numero almeno, lui non vuole, sono certa che vale anche per te, tu non c'entri con lui. E guarda, ti dico questo, ma non sono arrabbiata con te, credimi.»

«D'accordo, mi dispiace, mi dispiace di averla disturbata e che per colpa mia...»

«Non è stato per colpa tua.»

«Mi scusi ancora, la saluto... non la disturberò più.»

«Ascolta» mi ha detto, «forse posso aiutarti. Le uniche tracce che ho di lui sono i piccoli prelievi di denaro che fa ogni tanto, raramente, il minimo necessario per vivere e per spostarsi. Ha girato parecchio ma ora sembra essersi fermato in Islanda.» In Islanda? ho avuto un tuffo al cuore. «Non so da quanto tempo sia lì e se ci sia ancora, ma so che un mese fa ha ritirato dei soldi a Reykjavík e due settimane fa in una cittadina che si chiama... Aspetta devo andare a vedere... Hnjótur» ha detto quando è tornata. «Giorni fa sono andata a controllare sulla cartina, è il paese più remoto della remota Islanda, sulla costa nordoccidentale. Ecco, è tutto, immagino che adesso andrai a cercarlo.»

Cosa potevo risponderle? D'altra parte, in quel momento, un attimo dopo aver saputo dov'era, e che si trovava nell'ultimo posto dove pensavo potesse trovarsi, non avevo assolutamente idea di cosa avrei fatto, e così le ho detto:

«No, signora, non credo proprio».

E lei, come se non avessi neanche parlato, ha proseguito:

«Be', quando lo trovi digli...» ha fatto una pausa troppo lunga, come se esitasse a dirmi la cosa che aveva in mente, e infatti poi ne ha detta un'altra, sicuramente, perché per dirmi un'ovvietà del genere non ci avrebbe pensato neppure un secondo. «... Digli che stiamo tutti bene, gli farà piacere saperlo. Ora ti saluto, devo uscire, ciao.»

«Buonasera, signora. Buon Natale.»

«Buon Natale anche a te.» E ha riattaccato.

Avevo il cuore che batteva all'impazzata, ero in confusione, anzi no, ero lucidissima. Hnjótur era il posto dove Sean voleva andare, fermarsi, dove c'era la *sua* casa sulla scogliera. David lo sapeva, perché quella sera gliene avevo parlato, gli avevo raccontato tutto di quella casa, anche dov'era. E ora anch'io sapevo dov'era lui, l'avrei trovato, perché di una cosa ero certa, assolutamente sicura: se era arrivato fin lì, era per fermarsi, e ne ero sicura perché lo sentivo. Sapevo che da lì non sarebbe più ripartito.

Ma non sarei potuta andare subito, anche se Dio sa quanto avrei voluto, perché stavo entrando nella penultima settimana di gravidanza, era questo che volevo dire a David, per questo l'avevo cercato a casa sua. E oggi, 24 dicembre, è nato mio figlio, suo figlio, un maschio, di tre chili e mezzo. In anticipo di sette giorni, aveva fretta di nascere, forse perché io ho fretta di partire. Il cuore mi dice che è il figlio di Sean, e invece è il figlio di David. Comunque sia non m'importa, non mi pentirò mai di averlo cercato, perché altrimenti non sarebbe nato nostro figlio. La vita vince sempre, Sean la pensava così, era convinto che se la vita ha lottato così tanto per affermarsi su questo pianeta, e c'è riuscita, non può perdere. Lo andrò a cercare di nuovo, appena potrò, appena il bambino sarà in grado di affrontare il viaggio, il freddo. Andrò da lui, se non altro per fargli conoscere suo figlio e dirgli che sua moglie sta bene. Andrò da lui perché lo amo ancora e perché penso che mi stia aspettando.

David aveva preso in affitto una casa sulla scogliera

David aveva preso in affitto una casa sulla scogliera della penisola di Làtrabjarg, nella regione dei fiordi occidentali d'Islanda. Vicino al villaggio di Hnjótur. Non era certo che fosse la casa di Sean, ma tutto sembrava corrispondere alla descrizione di Blanca. Ricordava ogni sua parola a proposito di quella casa, l'entusiasmo infantile, la luce che aveva negli occhi quando gli raccontava che ci sarebbero andati in viaggio di nozze, lei e Sean... lei e lui.

«Che dici, ci andiamo? Possiamo stare qualche giorno qui e poi partire, non vedo l'ora di vederla, me ne hai parlato così tante volte che mi sembra di esserci già stata.» In quel momento Blanca gli aveva fatto tenerezza e paura, in quel momento, parlando di quella casa, per la prima volta Blanca si era rivolta a lui come se fosse Sean. Come se fosse Sean.

Ma tutto sommato a David non importava se quella era la casa di Sean oppure no; appena l'aveva vista, isolata e affacciata sull'Oceano Artico, aveva capito che era la sua meta. Sentiva di essere arrivato. Non riusciva a comprendere da dove gli venisse quella sua irrazionale consapevolezza, eppure soltanto adesso, ed erano passate già tre settimane, non provava l'esigenza di ripartire. Non era sereno, piuttosto viveva una strana sensazione di attesa. Nemmeno lui sapeva di cosa, ma ora, finalmente, aveva la certezza che soltanto da lì sarebbe potuto ripartire per davvero, e che per farlo non avrebbe più avuto bisogno di muoversi. In fondo era quello che aveva sempre pensato. Ora poteva fermarsi. Chiudere i conti con se stesso.

Aveva viaggiato tanto, prima, camminato molto, troppo. Zak era morto all'inizio di novembre in Finlandia, di vecchiaia, di stanchezza e di freddo, ma era morto in pace, accanto al suo padrone, che l'aveva stretto a sé per tutta la notte, in un lungo fortissimo abbraccio, per poi seppellirlo di mattina presto, sotto la neve, in un bosco di betulle.

Zak era stato un gran compagno di viaggio, il migliore che potesse augurarsi. Fin da quando, dodici anni prima, l'aveva scelto in mezzo a una cucciolata di cinque. Si erano scelti. David non aveva avuto dubbi. «Voglio quello» aveva detto indicandolo, mentre gli altri quattro gli scodinzolavano intorno. Zak era l'unico che se ne stava in disparte, ma lo guardava. Perderlo, per David, era stato come perdere una parte di sé, e al tempo stesso ritrovarla, perché quell'immenso dolore, quella tenerezza infinita, quella gratitudine sincera, solo lui, soltanto lui, poteva provarla. Nessun altro.

Aveva nevicato tutto il giorno, e David era stato tutto il giorno in casa, bloccato dalla bufera. Ora finalmente aveva smesso, il cielo era stellato, ma si era fatto tardi. Troppo tardi per andare in paese a trascorrere qualche ora con certe persone che lo avevano invitato per la cena di Natale. Era gente simpatica, alla buona, quasi tutti pescatori di halibut e merluzzi.

David decise di uscire, si chiuse la porta alle spalle e si avviò verso l'estremo limite del giardino, che confinava col precipizio. Sotto il precipizio, il mare. Camminava a fatica, e i piedi affondavano nella neve fresca. Pensò che l'indomani avrebbe dovuto spalarla. Indossava una giacca pesante e un vecchio berretto di lana blu che aveva trovato nel fondo di un armadio. Se lo tolse, i capelli gli scendevano fino alle spalle, non se li era più tagliati.

Guardò il cielo, e vide la scritta Coca-Cola risplendere sulla Luna. L'effetto era clamoroso, pareva una gigantesca insegna al neon. Sorrise. Pensò: diavolo di un Claude, ci sei riuscito! Stette per un po' col naso all'insù, attratto da quella visione ma al tempo stesso sorpreso dal proprio distacco. Era come se quello che vedeva non scaturisse dall'idea che per tanti anni aveva coltivato, figurato nella mente, sperato di poter realizzare. Infatti di lì a poco abbassò lo sguardo, non era uscito di casa per guardare il cielo, ma il mare.

Tutto intorno c'era una pace assoluta, un silenzio perfetto, tanto che si poteva udire lo sbattere delle ali degli uccelli marini che vivevano sulla scogliera, alta in quel punto più di duecento metri. Il mare, stretto in un profondissimo fiordo, pareva una tavola nera, illuminata dalla Luna piena, che rischiarava appena quella infinita notte artica. Dall'altro capo della scogliera, il vecchio faro di Bjargtangar, la luce più a occidente d'Europa, lanciava un flebile segnale intermittente che subito si perdeva nel buio. Nel mare non c'erano barche, non quella sera. Né sulla terra né sull'acqua si vedevano riverberi della scritta.

David pensò che preferiva il mare quando è calmo e ti sembra impossibile che possa esserlo così. E ogni volta che lo guardava, e lo guardava sempre con attenzione, o meglio trasporto, o forse voracità, stentava a starne fuori, avrebbe voluto entrarci e farne parte. Essere il mare. I pesci che ci nuotano dentro.

Chiuse gli occhi ed ebbe l'istinto violento di lasciarsi cadere. Stette per un tempo interminabile in equilibrio precario su quell'istinto. Dondolandosi nell'indecisione. Quella casa era davvero un avamposto, un luogo di frontiera fra la terra e il mare, sarebbe bastato un passo per oltrepassarla. Con gli occhi chiusi aprì la mano che stringeva quel vecchio cappello di lana blu. Il silenzio era così assoluto che ne percepì l'impatto sulla neve. Aprì gli occhi, guardò di nuovo giù.

L'Oceano Artico, protendendosi nel fiordo, pareva volesse raggiungerlo, c'era quell'insuperabile muro di rocce a impedirglielo. A dividerlo da lui. David invece avrebbe potuto, se solo avesse voluto, avrebbe potuto ricongiungersi al mare, che lo stava aspettando.

Inebriato da quell'incantesimo, pensò che se è vero, come *è* vero, che la vita ha avuto origine nel fondo dei mari, allora solo lì potrà finire. Saranno gli oceani a seppellirci, e sarà un buon modo di morire. *Un buon modo di morire.* Chiuse gli occhi. Percepì il battito del suo cuore, lento, regolare. Tirò un respiro profondo, riempiendosi d'aria i polmoni. Poi fece un passo, l'ultimo.

Si chinò, raccolse quel vecchio cappello di lana blu e con un gesto insopprimibile lo lanciò con tutta la forza che aveva. Lo vide volare per qualche metro, poi sparire, inghiottito dal precipizio e dalla notte. Pensò che se la vita aveva lottato così tanto per affermarsi su questo pianeta, non poteva perdere. *Non poteva perdere*. E fu quel pensiero a spezzare l'incantesimo del mare che lo aveva inebriato. Sgranò gli occhi. Percepì il battito del suo cuore, rapido, incostante. Soffiò fuori tutta l'aria che aveva nei polmoni. Poi fece un passo indietro, il primo.

Si dice, ed è vero, che quando uno scrittore pubblica un libro, non è più suo, ma di chi lo legge. Ognuno lo interpreta come vuole e si emoziona su pagine diverse. Nella vita di tutti noi basta poco perché le cose cambino irreparabilmente. Basta un gesto, a volte, fatto o mancato, per modificare completamente la prospettiva di un'intera esistenza. E allora, cosa farà David? Lascerà quel vecchio cappello di lana blu sulla neve o lo raccoglierà per lanciarlo lontano? Farà un passo indietro o in avanti? Un passo, tutto dipende da un passo. E dal pensiero che lo determina.

Uspenskij scriveva: "Nella vita di ogni uomo ci sono due destini, uno che si avvera sempre, l'altro che non si avvera mai". Lascio a te la scelta tra i due destini, io ho fatto le altre, ma questa, la più importante di tutte, non me la sento di farla da solo, perché questa scelta non cambierà soltanto il destino di David, ma per certi versi anche quello dell'umanità. E quella decisione modifica sostanzialmente persino il messaggio contenuto in questo piccolo romanzo.

Ho scritto in un mio libro: "È questo il bello (o il brutto) della letteratura, le cose possono andare in qualsiasi modo, ma una volta che chi scrive decide come farle andare e chi legge lo sa, nessuno può più cambiarle". Ora tu puoi farlo. Tu sì che puoi, perché io dovrei prendere la decisione per tutti, mentre tu la prenderai solo per te stesso. E allora, se sai come vuoi che vadano le cose – e lo so che lo sai –, strappa la pagina della scelta di David che tu non vuoi che faccia (come puoi vedere hanno lo stesso numero) e poi strappa anche questa che stai leggendo (che invece il numero non ce l'ha), così la storia finirà come hai voluto tu, irreparabilmente. Anche a te basterà un gesto, piccolo, insignificante, come quello di strappare una pagina, per cambiare il destino di David, o forse del mondo. E se per caso presterai questo libro a qualcuno, lui conoscerà la storia per come tu hai voluto che fosse. Senza alternative, secondo la tua logica, la tua filosofia, o forse soltanto secondo le emozioni che ti ha dato e che vuoi trasmettere. E allora questo sarà il tuo libro, per davvero.

Nota dell'autore e ringraziamenti

Riguardo alla possibilità di realizzare, in un futuro più o meno prossimo, un trapianto di "cervello", Robert White, direttore del dipartimento di Neurochirurgia del Metro Health Medical Center di Cleveland (Ohio Usa) e professore all'Università di Case Western Reserve, ha dichiarato: «Non v'è dubbio che il trapianto cefalico-cerebrale nell'uomo è una realtà tecnica. È fuori discussione la certezza della sua fattibilità. E col risultato altrettanto certo che continuerebbe a esistere la stessa intrinseca individualità, la personalità, la struttura emotiva, l'intelligenza e la memoria». Anche il trapianto di cervello umano su androide è tecnicamente plausibile, attualmente l'ingegneria robotica è già in grado di tramutare gli impulsi elettrici cerebrali in azioni meccaniche.

Le fasi lunari sono calcolabili nel tempo grazie a formule algoritmiche chiuse. Su internet sono disponibili numerosi siti dove è sufficiente inserire una data per verificare il corrispondente grado di illuminazione lunare. Non so se tra cento anni ci sarà ancora qualcuno su questo pianeta che punterà gli occhi al cielo, ma so che il 24 dicembre 2110 la Luna sarà in fase di plenilunio.

Ringrazio Simone Sacco. Nell'ottobre 2010 mi ha proposto di scrivere un breve racconto per una casa editrice regionale (Felici Editore), da inserire, come elemento letterario, in una collana di medicina che trattava diverse patologie (tra le varie possibilità mi chiese di scriverne uno che, con la massima libertà espressiva, riguardasse il trapianto). Da quel racconto inaspettatamente è nato questo romanzo, che mai avrei scritto se non fossi stato sollecitato da quella proposta.

Ringrazio mia figlia Camilla, che dopo aver letto il racconto, intuendone le potenzialità narrative e curiosa di come sarebbe potuta andare a finire la storia, ha insistito fino allo sfinimento perché lo facessi diventare un romanzo.

Ringrazio il mio buon amico (e ottimo neurologo) Maurizio Balestrino, che, memore dei nostri dieci anni passati in trincea, mi ha fornito, per quanto riguarda la parte più strettamente neurologica del romanzo, una consulenza tecnica superlativa.

Ringrazio Massimo Ramella, astrofisico presso L'Osservatorio Astronomico di Trieste (Inaf) che mi ha illuminato sull'illuminazione della Luna. I nostri scambi di e-mail parevano quelli tra David e Claude Chabrol!

Ringrazio il mio agente Stefano Tettamanti, che mi ha dato l'indicazione fondamentale per decidere il titolo. Fosse dipeso da me l'avrei intitolato *Io e lui*, ma – pur trattandosi di due *lui* sostanzialmente diversi – era identico a quello di Moravia, e allora Stefano mi ha detto, anzi mi ha scritto (e riporto fedelmente il testo della sua e-mail): "Sul titolo: secondo me la parola chiave di questo libro, quella che ritorna più spesso e mi ha colpito di più è 'abbraccio'. Mi piacerebbe un titolo in cui ci fosse la parola 'abbraccio'...". Dopo aver letto la sua e-mail ho subito pensato a... *Un lungo fortissimo abbraccio.*

Anime in cerca di un chi
Anime in cerca di un se
Anime di un qualcosa,
di una storia nata per errore

Anime della mia età,
Anime sincerità.
Anime per amore
Fatte a pezzi per ricominciare.

Zibba
Anime in cerca di un chi

Finito di stampare nel mese di agosto 2011
presso il Nuovo Istituto Italiano d'Arti Grafiche – Bergamo

Printed in Italy